W. Sonder

Die Algen des tropischen Australiens

Antigonos

W. Sonder

Die Algen des tropischen Australiens

Unveränderter Nachdruck der Originalausgabe von 1866.

1. Auflage 2024 | ISBN: 978-3-38614-993-8

Antigonos Verlag ist ein Imprint der Outlook Verlagsgesellschaft mbH.

Verlag: Outlook Verlag GmbH, Zeilweg 44, 60439 Frankfurt, Deutschland, info@outlook-verlag.de
Vertretungsberechtigt: E. Roepke, Zeilweg 44, 60439 Frankfurt, Deutschland
Druck: Libri Plureos GmbH, Friedensallee 273, 22763 Hamburg, Deutschland

Die Algen

des

tropischen Australiens.

Von

Dr. **W. Sonder.**

———

Die zweite Reise, welche vor einigen Jahren Herr Eduard Daemel von hier nach den Südseeinseln unternahm, brachte ihn an die Nordspitze von Australien, wo er ausser Conchylien und anderen Gegenständen auch Seealgen sammelte. Nach seiner Rückkehr kamen die Algen in den Besitz der Herren Otto Semper in Altona und Grunow in Wien, und ersterer hatte die Freundlichkeit, mir seine Sammlung, die grössere, als Geschenk zu überlassen. Herr Grunow, gegen den ich geäussert, dass ich diese Algen einer genauen Untersuchung zu unterwerfen beabsichtige, stellte mir mit dankenswerther Liberalität auch seine Collection zur Disposition. Während ich mit der Bestimmung beschäftigt war, hatte ich die Freude, von Herrn Dr. Ferdinand von Müller in Melbourne, meinem vieljährigen, um die Erforschung der australischen Flora so hochverdienten Freunde und Mitgliede unsers Vereins, mehrere ausgezeichnete Algensammlungen zu erhalten, die, ebenfalls aus dem Norden Australiens herstammend, theils am Golf von Carpentaria, theils aus dem tropischen Gebiet bei Rockinghamsbay, Port Denison u. s. w. gesammelt waren. Es lag mir damit für meine Arbeit ein reichhaltiges Material vor, welches dadurch um so werthvoller ist, als es aus Gegenden herrührt, die bisher in algologischer Beziehung völlig unbekannt waren.

Die Meeresvegetation Neuhollands ist in den letzten Decennien mit besonderer Vorliebe und mit grossem Erfolge erforscht worden. Die Bestrebungen von Gunn, Preiss, Dr. von Müller u. a. sind bekannt; am meisten hat sich um die Förderung der australischen Algenkunde der für die Wissenschaft zu früh gestorbene Dr. W. H. Harvey verdient gemacht, dessen Reisen an Australiens Küsten vorzugsweise den Algenstudien gewidmet waren. Aus seinen Schriften und Sammlungen sind wir belehrt, dass die Algenflora Neuhollands an Artenzahl, an Eigenthümlichkeiten und Schönheit der Formen die Flora der anderen Welttheile weit übertrifft. Trotz dieser erfolgreichen Bemühungen beschränkt sich unsere Kenntniss der Algenvegetation hauptsächlich auf die südlich und südwestlich gelegenen Küstenländer, die Ostküste ist viel weniger untersucht, die Nordküste mit Einschluss des ganzen tropischen Gebietes so gut wie gar nicht, so dass Herr von Martens [1]) in seiner Uebersicht der tropischen Algen des indischen und polynesischen Weltmeers zu der Aeusserung veranlasst wird: "Das tropische Dritttheil des grossen Continents von Australien kann als völlig unbekannt wegfallen, da man keine einzige Alge von daher kennt." Im Anfange dieses Jahr-

---

[1]) Die Preuss. Ostasiat. Expedition. Die Tange p. 34 (1866). Bei dieser Gelegenheit muss ich bemerken, dass Herr von Martens im Irrthum ist, wenn er a. a. O. p. 39 erwähnt, Robert Brown habe das tropische Neuholland nicht betreten. S. die Vorrede in R. Browns Prodromus Florae Novae Hollandiae.

hunderts veröffentlichte Turner in seiner Historia Fucorum einige wenige Algen aus Nord-Australien, die Robert Brown von dorther mitgebracht hatte. Erst 50 Jahre später vermag Harvey diese Zahl um fünf zu vermehren; wir finden in seinem Synoptic Catalogue of Australian and Tasmanian Algae (1863) folgende acht Arten als in Nord-Australien vorkommend aufgeführt: *Sargassum decurrens Ag.*, *Mesogloia virescens Carm.*, *Halyseris Woodwardia Ag.*, *Vidalia fimbriata J. Ag.*, *Polysiphonia glomerata Endl.*, *Caulerpa taxifolia Ag.*, *Halimeda incrassata Lamour.* und *Codium tomentosum Ag.*

In der, Nord-Australien von Guinea trennenden Torresstrasse liegt die kleine Insel Toud. Dumont d'Urville besuchte sie auf seiner Reise nach dem Südpol, und sammelte daselbst 33 Species Algen, die in der Voyage au Pole sud et dans l'Océanie 1842—1845 von Montagne beschrieben sind. Wir finden fast alle diese Algen in der nachfolgenden Aufzählung als an der australischen Küste aufgefunden wieder, woraus sich auf eine Uebereinstimmung der Algenflora in der ganzen Torresstrasse schliessen lässt. Aus diesem Grunde dürften die Durville'schen Algen von Toud, wenn auch strenge genommen diese Insel nicht zu Australien gehört, als ein Beitrag zur nordaustralischen Algenvegetation angesehen werden, womit dann die Summe der aus Nord-Australien bekannten Algen sich bis auf 41 vergrösserte.

Alle neueren Publikationen über australische Botanik, soweit solche mir zugängig geworden, lieferten keine neuen Zuträge. Auch in Rev. J. Ten. Woods, North Australia, its physical, geograph. & nat. History. Adelaide 1864, wo den phanerogamischen Gewächsen ein ganzes Kapitel gewidmet ist, sind die Meerespflanzen nicht aufgeführt. Und in der Contribution to the Flora of Australia by William Woolls. Sidney 1867, wird der Algen der Süd- sowie der Südostküste erwähnt, aus dem Norden aber nur der Phanerogamen.

Die nachstehende Aufzählung vermehrt die Zahl der Algen von Nord-Australien um ein bedeutendes: sie enthält 168 Arten. Trotzdem möchten wir noch weit entfernt sein von einer vollständigen Kenntniss dieser ausgedehnten Küstenstrecken. Es ist schwer, irgend eine Berechnung anzustellen, bevor die tropische Westküste erforscht ist, von dieser kennen wir augenblicklich noch gar nichts. Dass die Nordküsten einen ähnlichen Reichthum wie die Südküsten Neuhollands entfalten dürften, halte ich nicht für wahrscheinlich, da erstens die tropische Zone im Allgemeinen ärmer an Algen ist als die gemässigte, und da alles, was jetzt aus der Tropenregion Australiens bekannt ist, den tropisch-indischen Charakter trägt, der die vielen Eigenthümlichkeiten, sowie zahlreiche, zum Theil sehr artenreiche Gattungen der süd- und südwestaustralischen Meeresflora fast gänzlich ausschliesst.

Aus ganz Australien sind bis jetzt bekannt 800 Algen. Diese vertheilen sich auf:

Melanospermeae 144
Rhodospermeae 568
Chlorospermeae 88

Die 168 nordaustralischen Arten vertheilen sich auf:

Melanospermeae 43
Rhodospermeae 84
Chlorospermeae 41

In den 144 Melanospermeae des Gesammt-Australiens sind enthalten:
77 Fucaceae mit 31 Arten von Sargassum und 21 „ „ Cystophora.
30 Dictyotaceae und
13 Sporochnaceae.

In den 43 Melanospermeae des trop. Nord-Australiens:
26 Fucaceae mit 21 Arten von Sargassum, aber keine Art „ Cystophora.
13 Dictyotaceae und
1 Sporochnacea.

In den 568 Rhodospermeae des Gesammt-Australiens finden sich:
150 Rhodomeleae (darunter 44 Polysiphoniae, 36 Dasyae),
12 Arten von Laurencia,
8 „ „ Hypnea,
14 „ „ Delesseria,
14 „ „ Nitophyllum,
18 „ „ Wrangelia,
50 „ „ Callithamnion.

In den 84 Rhodospermeae des trop. Nord-Australiens:
16 Rhodomeleae,
10 Arten von Laurencia,
9 „ „ Hypnea,
keine Art „ Delesseria,
keine „ „ Nitophyllum,
1 „ „ Wrangelia,
keine „ „ Callithamnion.

Unter den 88 Chlorospermeae des gesammten Australiens haben wir:
31 Siphonaceae,
10 Ulvaceae,
3 Dasycladeae.

Unter den 40 Chlorospermeae des trop. Nord-Australiens sind:
19 Siphonaceae,
6 Ulvaceae,
2 Dasycladeae.

Aus diesen Zusammenstellungen gelangen wir zu folgendem Resultat:

1) Die Fucaceen stehen zu den Melanospermeen im Gesammt-Australien und im tropischen Nord-Australien in annähernd demselben Verhältniss. Aus dieser Familie treten aber die Sargassen in dem letzteren Gebiet bedeutend gegen die des Gesammt-Australiens hervor, und 11 Arten dieser Gattung gehören zu denen, die bisher noch nicht in Australien, sondern nur im indischen Ocean gefunden wurden. Mit der Zunahme der Sargassen verlieren sich die Cystophoren gänzlich. — Die Dictyotaceen zeigen sich vorherrschend in Nord-Australien, dagegen nehmen wieder die Sporochnaceen so ab, dass wir aus dieser Familie nur eine einzige Art, die noch dazu bisher mit Dictyota vereinigt war, vorfinden.

2) Die im Verzeichniss der Algen des Gesammt-Australiens so reichlich vorhandenen Rhodospermeen — beinahe ¾ des Ganzen — verringern sich beträchtlich gegen Norden. Es fehlen dem tropischen Norden viele dem Süden und Westen eigenthümliche Gattungen, namentlich unter den Sphaerococceen und den Rhodomeleen. Wir vermissen ganz die Delesserien und Nitophyllen. Von Dasya und Wrangelia sind nur Spuren vorhanden, gleichfalls von den Ceramiaceen. Callithamnion, im Süden und Westen so zahlreich vorkommend, fehlt gänzlich. Dagegen nehmen die Arten der Gattung Laurencia im Norden zu, darunter sind 5 für Australien neue. Aehnlich verhält es sich mit den Hypneen.

3) Die Chlorospermeen sind dem südlichen Litorale gegenüber stark vertreten mit zahlreichen Siphonaceen, worunter 12 Arten von Caulerpa.

Zu diesen, einen Beweis des Abweichens von der eigentlichen australischen Flora liefernden Beispielen möchte als weitere Bestätigung noch hinzuzufügen sein:

das dem Anscheine nach gänzliche Verschwinden der Laminarieen mit dem Beginne der Tropenregion,

das Auftreten von rein tropischen Algen, als *Eucheuma spinosum J. Ag., Gracilaria lichenoides Grev., Corallopsis* Arten u. s. w., und endlich

die Reichhaltigkeit an kalkhaltigen Algen, wovon der Grund in den, längs der felsigen Küste weit sich erstreckenden Korallenriffen liegt.

Als auffällig und dem Character der australischen Algenflora nicht entsprechend erscheint noch das ungünstige Verhältniss in Bezug auf neue Arten: in den 168 Algen der folgenden Aufzählung sind deren nicht mehr als 18 enthalten, eine ungewöhnlich kleine Anzahl für ein bisher unbekanntes Gebiet. Harvey sammelte in Süd-Australien 352 Arten, worunter 140 neue, vorher nicht beschriebene.

Bringt man das Vorstehende mit dem zusammen, was über die tropisch-indische Meeresvegetation bekannt ist, wovon Herr von Martens in seinem citirten Werke eine klare und übersichtliche Darstellung gegeben hat, so stellt sich zweifellos heraus, dass die Algenflora des tropischen Australiens entschieden den Character der tropisch-indischen Flora trägt. Wie sehr damit die ausschliesslich australische Flora zurückgetreten ist, erhellt daraus, dass in den 168 Arten der Aufzählung nur 44 rein australische enthalten sind, während unter den 352 Arten, die Harvey aus Südwest-Australien aufführt, 277 den australischen Küsten eigenthümliche sich befinden.

ALGAE.

—

SERIES I. **MELANOSPERMEAE.** *)

Familie Fucaceae.

I. **Sargassum** J. Agardh Spec. Gen. et Ord. Alg. Vol. I. p. 268.

Tribus: *Pterocaulon J. Ag.*

1. *S. Peronii* Ag. Fucus Peronii Mert. Mém. p. 4 t. I. (fig. dextra). Turner Hist. t. 247. Pterocaulon Peronii Kütz. tab. phycol. Vol. X. t. 65.

Hab. Port Denison, Fitzalan. (West-Australien, Drummond.)

Eine wenig bekannte Alge, die eine bessere, in grösserem Maassstabe ausgeführte Abbildung verdient, um so mehr als gerade das äussere Ansehn den Unterschied von der folgenden Art am besten hervorhebt. Sie hat einen sehr langen, fast flachen, 4—5 Linien breiten Stengel mit zweireihig gestellten Aesten, die nur ungetheilte, verhältnissmässig kleine Blätter tragen, während diese bei S. decurrens selbst am oberen Theil des Stengels fiederspaltig sind. Das in den Büchern angegebene, von der Länge der Rispe hergenommene Unterscheidungskennzeichen ist nicht brauchbar, da in beiden Arten die Rispe bald kürzer, bald länger als die begleitenden Blätter ist. Die Früchte zeigen bei beiden keine bestimmte Gestalt; meistens cylindrisch, nähern sie sich häufig doch der Eiform.

2. *S. decurrens* Ag. Harvey Phycolog. Australas. t. 145. Fucus Peronii Mert. l. c. t. I. (fig. sinistr.). F. decurrens Turner Hist. t. 194. Pterocaulon decurrens Kütz. tab. phyc. Vol. X. t. 65. S. Boryi Ag.

Hab. Cap York, Daemel; Port Denison, Fitzalan. (Rottnest Isld, Westaustr., W. H. Harvey.)

Die Wurzel bildet eine fast zollgrosse Scheibe, aus welcher mehrere Stengel entspringen, die nach dem Alter ein ganz verschiedenes Ansehn haben. Die jüngeren sind breit, mit ihren Aesten und Blättern zweizeilig sich ausdehnend; die älteren, nachdem sie Aeste und Blätter abgeworfen, bleiben als ungefähr fusslange, blattartige Reste, vom Ansehn der Blätter von Sargassum longifolium Ag. stehen; im zweiten Jahre haben sie nur eine Breite von 2 Linien und drehen sich spiralig. Dieses Wachsthum kann als eine Eigenthümlichkeit der ersten Section von Sargassum, die J. Agardh mit Pterophycus bezeichnet hat, angesehen werden.

) In der Classification ist Harvey's Index generum algarum zu Grunde gelegt.

Die fiederspaltigen Blätter sind mannigfachen Veränderungen in Bezug auf ihre Länge und Breite der Lappen unterworfen. Die Luftblasen kommen mit oder ohne Spitze vor. Sargassum Boryi Ag. ist nicht einmal als Varietät, noch weniger als besondere Art von S. decurrens zu trennen.

Tribus: Heterophylla J. Ag.

3. *S. linearifolium* Ag. Fucus linearifolius Turner Hist. t. 111.

β, *serrulatum*, foliis magis minusve serrato-dentatis.

Hab. Rockingham's Bay, Dallachi. (Richmondriver, Ballina, Henderson; Sealers Cove, F. v. Müller.)

Caulis debilis, madefactus vix lineam crassus, triqueter, in specimin. minoribus semipedalis, in maximis ultra 3 pedes longus. Rami retrofracti foliosi. Folia elevato-costata, 1–3 poll. longa, 1–1½ lin. lata, plerumque integerrima, rarius denticulata, in var. β. evidenter serrulata. Vesiculae rarae, in ramis superioribus obviae, sphaericae, muticae, magnitudine Lentis vel minores, petiolo aequilongo vel pluries longiori insidentes. Receptacula in axillis racemosa vel aggregata, cylindracea vel furcata, inermia, folio fulciente multo breviora.

Die vorliegenden zahlreichen Exemplare tragen nur ungetheilte Blätter, während an den bei Sealer's Cove gesammelten Pflanzen die unteren Blätter stets fiederspaltig, anderweitig aber nicht verschieden sind. Die Luftblasen waren bisher unbekannt.

4. *S. fallax* Sond. Bot. Zeit. 1845. p. 52.

var. vesiculis nullis; receptaculis inermibus, tuberculosis et spinula una alterave munitis.

Hab. Rockingham's Bay, Dallachi. (Richmondriver, Ballina, Henderson, West-Australien.)

Bis auf wenige geringfügige Abweichungen gleichen die Exemplare vollkommen den westaustralischen. Bemerkenswerth ist der gänzliche Mangel an Luftblasen, die gerade in West-Australien so sehr ausgebildet sind; man kann den Grund davon nur in der so verschiedenartigen Lokalität suchen, wir haben ein zweites Beispiel in dem vorstehenden S. linearifolium, welches, bisher nur in südlichen Gegenden gefunden, immer ohne Vesikeln beschrieben wurde, die wir jetzt aus dem Norden kennen gelernt haben. Wegen der hin und wieder auf den Früchten vorkommenden Stacheln verhält sich die Varietät zur Hauptart wie S. polyceratium Mont. zu S. vulgare L. Diese Ausbildung von Stacheln auf sonst unbewehrten Früchten ist bei den Arten mit cylindrischen Receptakeln keine so seltne Erscheinung.

Tribus: Carpophylla J. Ag.

5. *S. aemulum* Sond. Linnaea XXV p. 672.

Hab. Carpentaria Golf, Dr. F. v. Müller; Cap York, Daemel. (Holdfastbay.)

Nicht in die Gruppe der Acanthocarpa, sondern in die der Carpophylla gehört diese Art, die ich erst jetzt in ihrer vollständigen Entwickelung kennen gelernt habe. Sie steht auch dem S. carpophyllum J. Ag. sehr nahe, sowohl im Habitus als auch in der gelblichen Farbe; sie unterscheidet sich aber hinlänglich durch die nicht an der Spitze verschmälerten Blätter und die scharf gezähnten Früchte.

Tribus: *Glandularia J. Ag.*

6. *S. cystocarpum* Ag. Spec. p. 33. Icon. ined. t. 1.

Hab. Rockingham's Bay, Dallachi. (Indisches Meer.)

7. *S. granuliferum* Ag. Spec. p. 31. Icon. ined. t. XI.

Hab. Cap York, Daemel; Port Denison, F. Kilner 1869. (Indisches Meer.)

8. *S. gracile* J. Ag. l. c. p. 310.

Hab. Port Denison, Fitzalan; Cap York, Daemel. (Niederländ. Indien, China.)

9. *S. polycystum* Ag. Syst. Alg. p. 304.

Hab. Cap York, Daemel; Insel Toud, Hombron. (Conchinchina, Niederländ. Indien.)

Stengel und Aeste sind dicht mit Weichstacheln, sowie mit Drüsen besetzt; letztere erstrecken sich bis auf die Luftblasen. Im höchsten Grade ist dieses der Fall bei der var. onustum J. Ag., deren Luftblasen ausserdem noch eine Blattspitze tragen. Zu dieser Varietät gehört Sarg. Gaudichaudii Montagne Voy. Bonite p. 48 t. 141, nach einem Exemplar aus des Autors Hand; die Früchte desselben sind cylindrisch und völlig stachellos, wie bei der Hauptform. Kützing bildet in seinen Tab. phycol. Vol. XI. t. 39 dagegen das von Montagne selbst empfangene S. Gaudichaudii als Carpacanthus mit stacheligen Früchten ab. Da nun Montagne in seiner Beschreibung die receptacula linearia, inermia nennt, und noch bemerkt, dass S. parvifolium und S. spinifex durch receptacles épineux sich unterscheiden, so muss man annehmen, dass eine Verwechslung von Exemplaren stattgefunden hat. Die Pflanze mit stacheligen Früchten ist von J. Agardh in seiner ausgezeichneten Bearbeitung der Sargassen unter dem Namen S. myriocystum beschrieben; zu dieser muss demnach Carpacanthus Gaudichaudii Kütz. als Synonym gezogen werden, während S. Gaudichaudii Mont. als Varietät bei S. polycystum Ag. verbleibt.

10. *S. ambiguum* Sond. caule tereti basi glanduloso-muricato, ramis tenuibus; foliis inferioribus oblongo-lanceolatis, intermediis lanceolatis, supremis lineari-lanceolatis minute dentatis, nervo sub apice evanescente costatis utrinque subuniserialiter glandulosis; vesiculis in petiolo teretiusculo brevi sphaericis muticis glandulosis; receptaculis axillaribus furcato-ramosis vesiculiferis, ramis cylindricis apice plerumque subspinulosis.

Hab. Port Denison, Fitzalan.

Bipedale, ramis laxis. Folia fuscescentia, inferiora 2 poll. longa, 4—5 lin. lata, superiora semipollicaria, lineam lata. Vesiculae diametro circ. lineae, nunc majores nunc minores. Receptacula folio fulciente breviora vel longiora, in modum S. carpophylli divisa, ramorum nempe furcatorum unus alterve in vesiculam petiolatam abiens.

Diese neue Alge ist mir schon seit längerer Zeit aus der Sundastrasse bekannt, wo sie nicht nur in der oben beschriebenen Form, sondern ausserdem noch in einer Varietät mit breiteren Stengelblättern erscheint, die dem S. myriocystum nahe kommt. Wegen ihrer Früchte liesse sich kaum etwas dagegen erinnern, wenn man ihr einen

Platz in der Tribus Carpophylla einräumte, da die gabelig getheilten Fruchtäste häufig mit gestielten Luftblasen oder Blättern abwechseln. Die receptacula sind aber axillaria, nicht supraaxillaria, ausserdem erkennt man an dem weichstacheligen Stengel, den drüsentragenden Vesikeln, sowie auch an dem ganzen Habitus die Tribus Glandularia.

11. *S. myriocystum* J. Ag. l. c. p. 314. var. *laevior*; caule basi muriculato, apice ramisque laevibus vel hinc inde glandulosis.

Hab. Port Denison. F. Kilner 1869; Cap York, Daemel. (Batavia. China.)

Es ist nicht unwahrscheinlich, dass J. Agardh die vorliegende Pflanze mit dem nahestehenden S. parvifolium Ag. vereinigt hat; so lässt sich wenigstens aus der Beschreibung des letzteren schliessen. Das typische S. parvifolium mit seinen feinen und schmalen Blättern sieht doch ganz anders aus. Das bei J. Agardh fehlende S. Hombronianum Mont. Voy. Pol. sud. Bot. 1. p. 71, hat grosse Aehnlichkeit mit dieser kahlen Varietät von S. myriocystum.

Tribus: *Biserrula J. Ag.*

12. *S. ilicifolium* Ag. Spec. p. 11. Fucus ilicifolius Turner Hist. t. 51.

Hab. Port Denison, Fitzalan. (Ind. Meer, China, Philippinen etc.)

Tribus: *Acanthocarpa J. Ag.*

13. *S. obovatum* Grev. Alg. orient. in Ann. et Mag. nat. Hist. 2. Ser. III. p. 216. t. IX.

Hab. Rockingham's Bay, Dallachi. (Ballina, Henderson, Ostindien.)

Diese, dem S. marginatum Ag. verwandte Art findet sich nicht bei J. Agardh. Die Blattform ist an meinen Exemplaren genau dieselbe, wie sie Greville abbildet. Luftblasen sind nur in geringer Anzahl vorhanden, sie tragen an der Spitze 1—3 drüsenartige Spitzen. Die dichtstehenden Receptacula sind schwach zusammengedrückt und deutlich gesägt. Greville, der nur ein einziges fragmentarisches Exemplar besass, nennt sie much divided and lobed, wonach ich annehme, dass seine Früchte noch nicht vollständig ausgebildet waren.

14. *S. microcystum* J. Ag. l. c. p. 323.

Hab. Port Denison, Fitzalan. (Molukken, Singapore.)

An den kleinen, auf sehr kurzen Stielchen stehenden Vesikeln, die an den Aesten immer gehäuft vorkommen, leicht kenntlich. Früchte fehlen.

15. *S. cristaefolium* Ag. Spec. p. 13.

var. *condensatum*; ramis plerumque abbreviatis foliosis, foliis cuneato-orbiculatis, dentibus bifariis, vesiculis crebris.

Hab. Port Denison, Fitzalan. (Ceylon).

Agardh nennt von der Hauptart die caules circ. pedales; nach den mir vorliegenden Exemplaren muss ich annehmen, dass sie mehr als die dreifache Länge erreichen. Dem Habitus nach verhält sich diese australische Pflanze zu der von Ceylon stammenden, wie Turbinaria condensata Kütz. Tab. phyc. Vol. X t. 69 zu T. conoides J. Ag. Die bei der typischen Form seltnen Luftblasen sind hier sehr reichlich vorhanden und bald breit geflügelt, bald ganz ungerandet. Die Blätter variiren bedeutend in Grösse, aber nicht in der Gestalt, die sich stets eben so gleich bleibt, wie die kleinen Früchte.

16. *S. odontocarpum* Sond. S. echinocarpum Grev. Alg. orient. in Ann. and Mag. nat. Hist. Ser. 2. Vol. II. p. 274. t. V. non S. echinocarpum J. Agardh l. c. p. 327.

Hab. Rockingham's Bay, Dallachi. (Penins. Indiae orient. Wight. Singapore Herb. Sond.)

Wegen des älteren Agardh'schen Namens musste der von Greville gegebene geändert werden. Uebrigens sind beide Pflanzen einander sehr ähnlich. Bei S. echino-carpum J. Ag. sind die Blätter an der Basis stark verschmälert und die Luftblasen sitzen auf einem langen Stiel, während bei S. odontocarpum die ersteren am Grunde breiter als an der Spitze, und die Vesikeln gewöhnlich kurz gestielt sind.

S. echinocarpum J. Agardh wurde zuerst bei den Sandwichs-Inseln gefunden, neuerdings erhielt ich es durch Herrn von Martens, auf der Preuss. Ostasiatischen Expedition bei Atapupu auf Timor gesammelt, aber unter dem nicht richtigen Namen Carpacanthus spinulosus Kütz. Kützing's so benannte, und in den Tab. phyc. Vol. XI. t. 46. abgebildete westindische Pflanze hat nicht den breiten glatten Stengel und andere Früchte.

Tribus: Acinaria J. Ag.

17. *S. Binderi* Sond. J. Ag. l. c. p. 328. S. Swartzii var. C. A. Agardh Syst. p. 296. S. cervicorne Grev. Alg. orient. l. c. Vol. III. t. 9.

Hab. Port Denison, Fitzalan.

Eine im Indischen Ocean weit verbreitete Alge, die sehr veränderlich, aber doch leicht zu erkennen ist. Sie hat die Eigenthümlichkeit, beim Trocknen eine intensiv schwarze Farbe anzunehmen. Namentlich unbeständig in der Blattgrösse, findet sie sich mit fingerlangen, einen halben Zoll breiten Blättern, ein ander Mal mit zolllangen Blättern, deren Breite kaum eine Linie übertrifft. Ein gleiches ist von dem Blattrande zu sagen, der bald scharf gesägt, bald fast ohne Zähne vorkommt. Grunow hat in den Algen der Novara Expedition die Muthmaassung ausgesprochen, dass Sargassum Swartzii C. A. Agardh (nicht J. Agardh) eine Varietät von S. Binderi sein möchte, diese Ansicht kann ich nach Untersuchung einer grossen Reihe von Exemplaren in der Binder'schen, sowie in meiner eigenen Sammlung, und nach Vergleich von S. Swartzii aus der Hand Vahl's und Swartz's vollkommen bestätigen.

S. Swartzii J. Ag. l. c. p. 328, übereinstimmend mit S. acutifolium Grev., ist nach der Abbildung von Greville Alg. orient. l. c. Vol. III. t. X. und nach meinem Wight'schen Originale eine von S. Binderi ganz verschiedene Art.

Ich umgränze die Formen von S. Binderi folgendermaassen:

S. Binderi,
  a) *latifolium;* foliis oblongo-lanceolatis lanceolative magis minusve acuminatis subinte-gerrimis vel remote serrato-dentatis; vesiculis majusculis sphaericis obovatisve apiculatis, petiolo aequilongo vel duplo longiori insidentibus.

Hab. Batavia, Insul. Onrüst; in freto Sunda; prope Canton et Shangai; Nov. Hollandia borealis.

b) *angustifolium;*

α, foliis lineari-lanceolatis linearibusve subintegerrimis vel remote dentatis; vesiculis plerumque minoribus saepius obovatis ellipticisve apiculatis, petiolo marginato duplo triplove longiori insidentibus. S. Swartzii C. A. Agardh non J. Agardh.

Hab. India oriental., Singapore, Canton et Shangai, Nova Zelandia.

β, foliis argute vel spinuloso-serratis, caetera et in var. α.

Hab. San Bernardino, Ins. Philippin.; Singapore, Madagascar, Mare Chinense.

Tribus: *Ligularia J. Ag.*

18. *S. stenophyllum* J. Agardh l. c. p. 335.

Hab. Rockingham's Bay, Dallachi.

19. *S. lanceolatum* J. Ag. l. c. p. 336.

Hab. Port Denison, F. Kilner. (Westaustralien.)

Nur zwei Exemplare ohne Vesikeln vorhanden. Mehrere Früchte tragen einzelne Zähnchen, die meisten sind aber cylindrisch und wehrlos, wie sie nach der Beschreibung sein sollen.

Tribus: *Cymosa J. Ag.*

20. *S. spinuligerum* Sond. Bot. Zeit. 1845. p. 51. J. Ag. l. c. p. 338.

Hab. Port Denison, Fitzalan; Cap York, Daemel. (Süd- und Westaustralien.) Wird beim Trocknen schwarz.

21. *S. leptopodum* Sond., caulibus e disco pluribus teretibus laevibus, foliis oblongo-lanceolatis obtusis denticulatis costatis, eglandulosis vel glandulis sparsis notatis; vesiculis in petiolo tenui lineari ipsis subtriplo longiore sphaericis muticis; receptaculis axillaribus cylindricis dichotome ramosissimis folio fulciente parum brevioribus.

Hab. Rockingham's Bay, Dallachi.

Bipedalis. ramulis 2 — 3 pollicaribus. Folia 1 — 2 poll. longa, circ. 3 lineas lata, flavescentia. Vesiculae diametro 1 — 1½-lineari, petiolo fere capillari. Receptacula 4 — 6 lin. longa. in apice ramulorum saepe paniculata.

Affine S. spinuligero, colore luteo-fuscescente primo adspectu diversum.

22. *S. simulans* Sond. caule subangulato glabro laevi; foliis obovato-oblongis oblongisve obtusis acute dentatis breviter petiolatis evanescenti-costatis submultiplici serie evidenter glandulosis coriaceis; vesiculis crebris in petiolo apice dilatato plano ipsarum longitudine sphaericis muticis; receptaculis axillaribus subaggregatis lancoideis torulosis inermibus furcato-subramosis.

Hab. Cap York, Daemel.

Caulis circ. bipedalis, ramis patulis 3 — 1 pollicaribus. Folia 8 — 12 lin. longa, 2 — 3 lin. lata, denticulis aequalibus mucronulatis. Vesiculae magnitudine Pisi, saepe minoribus intermixtis. Receptacula 2 — 3 lineas longa. Color fuscescens.

A simili S. berberidifolio J. Ag. distinguitur foliis breviter petiolatis non dentatis ultra medium costatis et receptaculis.

23. *S. bacciferum* Ag. spec. p. 6. Turner Hist. t. 47. Harv. Phyc. Brit. t. 104.
Hab. Cap York, Daemel.

Die wenigen Exemplare gehören zu den schmalblättrigen Formen, welche Kützing Tab. phyc. Vol. XI. t. 11 als S. Chamissonis, ferner t. 12 als S. bacciferum *α*, spinuligerum und *β*, capillifolium abgebildet hat. Da diese bekannte Alge in den Meeren aller Zonen gefunden wird, so darf eine grosse Veränderlichkeit in der Blattgestalt nicht befremden. Die Länge der Blätter variirt von 1 bis zu 3 Zoll, die Breite von ¼ bis zu 3 Linien. Die Luftblasen tragen in der Regel eine kürzere oder längere Spitze, bisweilen fehlt diese aber auch ganz, die nordaustralischen Exemplare haben stumpfe und gespitzte Blasen auf einer und derselben Pflanze.

II. Turbinaria Lamouroux.

1. *T. ornata* J. Ag. l. c. p. 267. Kütz. Tab. phyc. Vol. X. t. 66. I. T. decurrens Mont. Voy. Pol. Süd. p. 75. vix Bory.

Hab. Port Denison, F. Kilner 1869; ins. Toud. d'Urville, sec. Montagne.

Characteristisch durch die Kleinheit und durch die gedrungenen Früchte. Die Verbreitung ist eine beschränkte: Otahaiti, Neuseeland, Ostindien.

2. *T. vulgaris* var. *α, conoides* J. Ag. l. c. p 267. T. conoides Kütz. Tab. phyc. Vol. X. t. 66.

Hab. Cap York, Daemel; Carpentaria Golf F. v. Müller.

Scheint innerhalb der Tropen allgemein verbreitet zu sein. Agardh führt auch Westaustralien an; ich habe sie nicht von daher gesehen, und möchte glauben, dass T. gracilis Sond. vorgelegen habe.

III. Cystophyllum J. Agardh.

1. *C. trinode.* C. trinode et C. muricatum J. Ag. l. c. p. 230, 231. C. muricatum Harv. Phyc. Austral. t. 139. Cystoseirae spec. C. A. Ag. Sirosiphalis muricata, trinodis et binodis Kütz., Tab. phyc. Vol. X. t. 55, 58, 59.

Hab. Port Denison, Rockingham's Bay, Cap York, Carpentaria Golf. (Westaustralien. Jnd. Ocean, Rothes Meer.)

Ich finde keine Grenze zwischen den angeführten Formen, es herrscht nicht allein in den Luftblasen, sondern auch in den Früchten eine grosse Mannigfaltigkeit. Sirosiphalis binodis Kütz. bildet die Verbindung der typischen Form mit der var. confluens.

Familia Sporochnaceae.

I. Chnoospora J. Agardh.

1. *C. obtusangula* Sond. Dictyota obtusangula Harv. Char. of new Algae, Proceed. Americ. Academ. Vol. IV. Oct. 1859. Kütz. Tab. phyc. Vol. IX. t. 28.

Hab. Port Denison. F. Kilner, Mai 1869. (Loo Choo und Ousima. Friendly Isld. Harvey.)

Nach der mikroskopischen Untersuchung kann diese Alge keine Dictyota sein, die Structur ist ganz die von Chnoospora, womit auch der Habitus übereinstimmt.

Früchte sind leider nicht vorhanden, auch nicht an dem Harvey'schen Exemplare von den Freundschaftsinseln.

Familia Laminariaceae.

I. Ecklonia Hornemann.

1. *E. radiata* Harv. Phyc. Austr. Vol. V. Catal. N. 92. Fucus radiatus Turn. Hist. t. 134. Laminaria radiata Ag. spec. p. 113. L. biruncinata Bory Voy. Coqu. t. 10. Capea radiata Endl. Gen. Suppl. III. p. 27. C. biruncinata Mont. Canar. p. 140. t. VII. Ecklonia radiata, exasperata et Richardiana J. Ag. l. c. p. 146. E. lanciloba Sond. Alg. Müll.

Hab. Port Denison, nur ein Bruchstück. (An der südlicheren Ostküste, Richmondriver, bei Ballina: häufig in Süd und Westaustralien.)

Durch wiederholte Untersuchungen zahlreicher Exemplare in den verschiedensten Alterszuständen und aus weit von einander entfernten Lokalitäten bin ich zu einer, meiner früheren entgegengesetzten Ansicht über den Werth der Arten dieser Gattung gelangt, und halte jetzt die von Harvey in der Phycologia australica ausgesprochene Meinung für die richtige. So verschieden beim ersten Anblick die Abbildungen von Ecklonia radiata J. Ag. in Turner's Historia Fucorum von der E. exasperata J. Ag. in Montagne Hist. nat. des Iles Canar. erscheinen, in der Natur giebt es so viele Mittelstufen, dass die Grenzen völlig verschwinden. Wenn die Frons auf der Oberfläche in einigen Gegenden kahl und glatt, in anderen faltig-runzlich oder mit stacheligen Zähnen besetzt, wenn sie einmal dick lederartig, ein ander Mal dünn papierartig gefunden wird, so schreibe ich diese Verschiedenheiten nur allein der veränderten Lokalität zu. Ein Gleiches gilt von der Länge des Stiels (stipes), die J. Agardh noch als Unterscheidungsmerkmal benutzt, dessen Veränderlichkeit aber schon Areschong in den Phyceae novae et minus cognitae erwähnt. Ich habe unter den Exemplaren vom Richmondriver einige, deren Stiel 2 bis 3 Zoll lang ist, andere, wo bei gleicher Ausbildung des Laubes der Stiel $1\frac{1}{2}$ bis 2 Fuss misst. Diese Stiele sind aber immer dicht, niemals hohl, so dass, wenn dieser Character sich als constant erweisen sollte, die neuseeländische E. flagelliformis, die in ihren sonstigen Kennzeichen nichts von E. Richardiana besonders Abweichendes darbietet, als eigne Art getrennt bleiben kann.

Familia Dictyotaceae. [1)]

I. Halyseris Targioni.

1. *H. polypodioides* Ag. spec. p. 142.
   var. Woodwardia R. Brown. segmentis saepius denticulatis. Fucus Woodwardia Turn. Hist. t. 158.

Hab. Cap York, Daemel; Rockingham's Bay, Dallachi, Ballina, Henderson; Nordaustralien, R. Brown.

Sporae in sorum continuum, rarius interruptum collectae.

[1)] Diese Familie gehört nach den Untersuchungen von Dr. Ferdinand Cohn wegen ihrer Fructification zu den Rhodospermeen neben den Ceramiaceen.

Die stark verästelten Exemplare haben an vielen Segmenten die Blattfläche verloren, da wo letztere vorhanden, ist sie sehr schmal. Die regelmässige Randzähnung finde ich nicht, und ebensowenig constant ist die Sporenanhäufung. Darnach muss H. Woodwardia richtiger als Varietät von H. polypodioides angesehen werden.

Die von Kützing Tab. phyc. Vol. IX. t. 53 abgebildete H. Woodwardia aus dem chinesischen Meere ist ebenfalls nur eine Abänderung der vielgestaltigen H. polypodioides Ag.

2. *H. australis* Sond. Alg. Müller. Linnaea XXV. 6. p. 664. Kütz. Tab. phyc. Vol. IX. t. 54.

Hab. Port Denison, F. Kilner.

Von dieser, zuerst in Südaustralien von Dr. v. Müller entdeckten schönen Pflanze kann ich die später von Harvey aus Westaustralien gesandte H. pardalis Harv. Phyc. Austr. t. 29 nur als Varietät mit schmälerem Laube ansehen. Auch Kützing erwähnt a. a. O. schon der grossen Aehnlichkeit beider.

H. Justii Ag. soll nach Montagne bei der Insel Toud gefunden sein. Seine Pflanze möchte eher zu H. australis gehören.

II. **Padina** Adanson.

1. *P. gymnospora.* Zonaria gymnospora Kütz. Tab. phyc. Vol. IX. t. 71.

Hab. Cap York, Daemel. (Westindien, Niederl. Indien).

P. Pavonia Gaill. Harv. Phyc. Brit. t. 91 wird von Montagne bei der Insel Toud angegeben, ob die vorstehende P. gymnospora damit gemeint ist?

III. **Zonaria** Agardh.

1. *Z. nigrescens* Sond. Bot. Zeit. 1845. p. 50. Spatoglossum nigrescens Kütz. Tab. phyc. Vol. IX. t. 70.

Hab. Cap. York, Daemel; (Richmondriver. Ballina. Henderson; West- und Südwestaustralien.)

J. Agardh bemerkt in den Spec. Gen. & Ord. Alg. 1. p. 108. bei Erwähnung dieser Alge, dass sie der Zonaria variegata Ag. sehr nahe stehe. Harvey in seinem Synoptic Catal. of Austr. and Tasman. Algae meint, dass sie vielleicht eine Varietät von Z. lobata Ag. sei, vertheilt aber jüngere Exemplare der Z. nigrescens unter dem Namen Z. variegata. Diese letztere ist eine vielfach verkannte Art. Z. variegata C. A. Agardh ist nach einem Exemplar vom Autor selbst, gleich mit Z. variegata J. Agardh! l. c. p. 108, und mit Z. lobata Montagne! Canar. p. 146 (non Agardh), sowie mit Stypopodium laciniatum Kütz. Tab. phyc. Vol. IX. t. 64. — Z. variegata Mart. Icon. Brasil. ist nach einem authentischen Exemplar, von Z. variegata Ag. durch feineres, d. h. dünneres, tief- und schmalgelapptes Laub verschieden und übereinstimmend mit Spatoglossum versicolor Kütz. l. c. t. 49. Z. variegata Kütz. l. c. t. 73 ist Padina Pavonia Gaill.

IV. **Spatoglossum** Kützing (partim).

1. *Spatoglossum australasicum* Sond. Kütz. Tab. phyc. Vol. IX. t. 48. b. Taonia? Solierii J. Ag. Sond. Alg. Müll. Linnaea XXV. 6. p. 664.

Hab. Denison, F. Kilner. (Südaustralien.)

48

V. Dictyota Lamouroux.

1. *D. fastigiata* Sond. Bot. Zeit. 1845. p. 50. Harv. Phycol. Austral. t. 82.

Hab. Rockingham's Bay, Dallachi. (Westaustralien.)

Ein nicht ganz vollständiges Exemplar.

2. *D. radicans.* Harv. Phycol. Austral. t. 119. Kütz. Tab. phyc. Vol. IX. t. 36.

Hab. Port Denison, Fitzalan. (West- und Südaustralien.)

3. *D. ciliata* J. Ag. l. c. p. 93. Kütz. Tab. phyc. Vol. IX. t. 27.

Hab. Port Denison, F. Kilner, 1869. (Westindien, Mexico, Westaustralien.)

4. *D. sandwicensis* Sond. Kütz. Tab. phyc. Vol. IX. t. 30.

Hab. Cap York, Daemel; Carpentaria Golf, F. v. Müller. (Ins. Sandwich.)

Dictyotae Bartayresianae affinis.

5. *D. furcellata* J. Ag. l. c. p. 90. Harv. Phyc. Austr. t. 38.

Hab. Port Denison. F. Kilner. (Westaustralien.)

VI. Asperococcus Lamouroux.

1. *A. sinuosus* Bory. J. Ag. l. c. p. Encoelium sinuosum Kütz. Tab. phyc. Vol. IX. t. 8.

Hab. Carpentaria Golf. (Westaustralien, Adriat. und Mittelländ. Meer, Atlant. und Ind. Ocean u. s. w.)

VII. Hydroclathrus Bory.

1. *H. cancellatus* Bory. Harv. Phyc. Austral. t. 98.

var. *tenuis,* reticulo tenuiore.

Hab. Cap York, Daemel; Carpentaria Golf, Dr. F. v. Müller. (West- und Süd-Australien, Indisch. und Atlant. Ocean.)

VIII. Mesogloia Agardh.

1. *M. virescens* Carmich. Harv. Phyc. Brit. t. 82.

Hab. Port Denison, F. Kilner; Albany Island, Dr. v. Müller; Cap York, Daemel. (Süd- und Westaustralien, Europa, Nordamerika u. s. w.)

Familia Ectocarpaceae.

I. Sphacelaria Lyngbye.

1. *S. furcigera* Kütz. Tab. phyc. Vol. V. p. 27. t. 90.

Hab. Cap York, Daemel; Port Denison, F. Kilner; una cum Jania rubente Sargassa investiens.

Kützing entdeckte diese niedliche, kaum über zwei Linien grosse Art zuerst auf einem Sargassum von der Insel Karak im Persischen Meerbusen, später erwähnt Montagne derselben, ebenfalls in Gesellschaft von Jania rubens bei den Algen von Réunion. — Ich vermuthe, dass die Gattung Sphacelaria um Vieles reichlicher in Australien vertreten ist, als bis jetzt angenommen wird.

II. **Ectocarpus** Lyngbye.

1. *E., spec. nov.*

Hab. Cap York, Daemel.

Leider sind die wenigen Pflänzchen, welche auf anderen Algen als Schmarotzer sich vorfanden, zu unvollständig, um genügende Diagnosen danach zu entwerfen. Von E. siliculosus Lyngb., den Harvey aus Neuholland anführt, ist er weit verschieden; ähnlicher aber dem E. amicorum Harv. Alg. exsicc., welcher sich indess durch eine verschiedene Farbe und durch steifere Aeste mit längeren Articulationen auszeichnet.

SERIES II. **RHODOSPERMEAE.**

Familia **Rhodomeleae.**

I. **Amansia** Lamouroux.

1. *A. glomerata* J. Ag. l. c. II. p. 1111. A. fasciculata Kütz. Tab. phyc. Vol. XV. t. 4.

Hab. Port Denison, Fitzalan, F. Kilner; Cap York, Daemel. (Friendl. Isl., Samoa, Mauritius, Loocho, Sandwich.)

Die Exemplare von Port Denison sind ausnehmend gross. 4—5 Zoll lang und breit; die abwechselnden oder gegenüberstehenden stielrunden Aeste ein oder zweimal gabelig verästelt, an jeder Spitze eine Rosette tragend.

II. **Leveillea** Decaisne.

1. *L. gracilis* Decne. Ann. Sc. nat. 1839. p. 376. Kütz. Tab. phyc. Vol. XV. t. 7.

Hab. Cap York, in Algis majoribus parasitica, Daemel. Port Denison, F. Kilner. (Westaustralien, Ind. Ocean).

III. **Neurymenia** J. Agardh.

1. *N. fraxinifolia* J. Ag. l. c. p. 1135. Dictymenia fraxinifolia Harv. Phyc. Austr. t. 124. Kütz. Tab. phycol. Vol. XIV. t. 99.

Hab. Cap York, Daemel. (Westaustralien, Ind. Ocean, Ceylon, Madagascar, Neucaledonien.)

IV. **Vidalia** Lamouroux.

1. *V. fimbriata* J. Ag. l. c. p. 1124. Dictymenia fimbriata Grev. Fucus fimbriatus Turner Hist. t. 170.

Hab. Cap York, Daemel; Ins. Toud, d'Urville.

Antheridia in dentibus marginalibus incurvis.

2. *V. Daemelii* Sond. caulescens, ramis primariis denudatis sursum alatis, ramulis membranaceis ecorticatis costatis pinnatis et a costa proliferis, pinnulis oblongis lan-

ceolatisve serratis, apicibus involutis obtusis, stichidiis caespitosis linearibus incurvis. Tab. I. Fig. 1—10.

Hab. Cap York, Daemel.

Frons 3—4-uncialis. Radix discoidea. Caulis supra basin mox divisus, rami primarii cartilaginei alterni teretes, ramuli seu pinnae membrana serrata alatae, costa pereursae, pinnulae ½—1-pollicares, circ. 2 lin. latae. Costa venis ad dentes excurrentibus continuata, et transversim multistriata, striae adscendentes partim a costa partim a venis ortae. Membrana magnopere aucta cellulis hexagonis, diametro 4-plo longioribus, lineis pellucidis separatis, duplici serie dispositis constituta adparet. Sphaerosporae nondum evolutae. Antheridia ad apicem incurvatum stichidiorum aggregata, late obovata cuneata intra membranam tenuem corpuscula 4—10 lineari-clavata includentia. Color exsiccatae nigrescens, madefactae rubro-fuscus.

Affinis species est Vidalia Kützingioides J. Ag. l. c. p. 1128. Amansia Kützingioides Harv. Phyc. Austr. t. 51. quae differt ramificatione, pinnulis magis linearibus apice strictis et striis transversalibus omnibus e costa ortis.

3. *V. pumila* Sond. caule tereti subramoso, frondibus sessilibus dense glomeratis apices ramorum vestientibus minutis ovatis acutis tenue membranaceis ecorticatis obsolete costatis venosis transversimque striatis margine serratis. Tab. I. Fig. 11—15.

Hab. Cap York, Daemel.

Pollicaris. Caulis cartilagineus teres, ramis paucis similibus. Frondes 1—2 lin. longae, 1 lin. latae, planae, numerosae dense fasciculatae vel glomerulos rosaceos fere formantes. Membrana tenuissime costata, cellulis hexagonis ut in Vidalia Daemelii descriptis contexta est. Fructus deest. Color fusco-ruber, siccatae fusco-niger. Chartae non adhaeret.

V. **Acanthophora** Lamouroux.

1. *A. muscoides* J. Ag. l. c. II. 3. p. 816.
   var. *ramosissima*. Chondria ramosissima Lindenberg in herb. Binder. Acanthophora ramulosa Kütz. Spec. p. 858. Tab. phyc. Vol. XV. t. 76.

Hab. Cap York, Daemel. (Angola.)

Stichidia oblonga spinulosa. Sphaerosporae partem supremam denudatam hemisphaericam spinulis quasi bracteatam occupant.

Steht in naher Verwandtschaft zu A. dendroides Harv., die aber viel robuster ist. Von der aus Angola herstammenden A. ramosissima (ein durchaus passender Name, da keine der Gattungsgenossen so stark verästelt ist) unterscheidet sie sich weder im Allgemeinen noch in den einzelnen Theilen.

2. *A. orientalis* J. Ag. l. c. p. 820.
   var. stichidiis evidenter pedicellatis inermibus vel spinula una alterave instructis.

Hab. Cap York, Daemel; Port Denison, F. Kilner 1869.

A. Thierii Lamx. von Montagne in der Voy. Pol. sud. p. 123. als für die Insel Tond angeführt, dürfte A. orientalis J. Ag. sein.

VI. **Dictymenia** Greville.

1. *D. tridens* Grev. Fucus tridens Turner Hist. t. 255.

Hab. Ins. Toud, d'Urville sec. Montagne. (Süd- und Westaustralien.)

VII. **Chondria** Agardh *(Harv. reform.)*

1. *C. tenuissima* Ag. spec. p. 352. Laurencia tenuissima Harv. Phyc. Brit. t. 198.

Hab. Port Denison, F. Kilner 1869. (Mittelländ., Adriat. und Atlant. Meer.)

Frons 1—1½-pedalis.

VIII. **Digenea** Agardh.

1. *D. simplex* Ag. Spec. p. 389.

var. ramellis saepius divisis. D. Vieillardi Kütz. Tab. phyc. Vol. XV. t. 28.

Hab. Cap York, Daemel. (Neucaledonien.)

Sphaerosporae in apice ramulorum spiraliter adscendentes. Antheridia ramulos terminantia obovata.

Allerdings sind die Aestchen an der westindischen D. simplex in der Regel einfach, einzelne getheilte kommen aber auch dort vor. Harvey hat in der Nereis Boreali-Americana t. XIII. schon solche Aestchen dargestellt.

IX. **Polysiphonia** Greville.

1. *P. glomerulata* Endl. Harv. Ner. austr. p. 45. Mont. Voy. Pol. sud. p. 132. Sphacelaria cupressina Harv. Alg. Felfair n. 21. P. calodictyon et calacantha Harv. Kütz. Tab. phycol. Vol. XIV. t. 46. P. inflata Martens Ostas. Exped. Tange p. 31. t. VII. f. 1.

Hab. Cap York, Daemel; Carpentaria Golf, Dr. F. v. Müller. (Indien, Japan, Mauritius, Freundschafts-Inseln.)

2. *P. amoena* Sond. Linn. Vol. 26. p. 525?

Hab. Cap. York, Daemel.

Das unvollständige Material lässt mich an der Richtigkeit der Bestimmung zweifeln.

Es sind noch zwei andere Polysiphonien an demselben Standort gesammelt, indess in nicht besseren Exemplaren. die eine ist von Grunow als P. infestans Harv.? benannt.

X. **Dasya** Agardh.

1. *D. elongata* Sond. Plant. Preiss. Vol. II. p. 179. Harv. Ner. austral. t. 23.

Hab. Port Denison, F. Kilner. (Westaustralien.)

2. *D. cuspidifera* Sond. corticata vage ramosa, ramis teretibus inferne denudatis glabris apice penicillato-villosis, filis penicillorum a basi monosiphoneis tenerrimis elongatis strictis attenuatis dichotomis; articulis diametro 5—6-plo longioribus; stichidiis ovato-vel oblongo-lanceolatis filo articulato terminatis.

Hab. Cap York, Daemel.

Specimen 4-pollicare. Rami ultimi 4—6 lin. longi, filis undique egredientibus villosi. Stichidia filis ramulorum adnata, pedicello biarticulato suffulta, obtusa, in pilum stichidio longiore brevioreve attenuata. Sphaerosporae biseriatae. Ceramidia non vidi.

Habitu D. elongatae Sond., characteribus magis D. hapalatrici Harv. Phyc. Austr. t. 88. affinis, ab utraque stichidiis filo longiusculo articulato cuspidatis, a priore praeterea ramis penicillorum elongatis strictis, a posteriore ramificatione valde diversa.

3. *D. multiceps* Harv. Transact. Irish. Acad. Vol. 22. p. 542. Kütz. Tab. phyc. Vol. XIV. t. 77.

Hab. Cap York, Daemel. (Westaustralien.)

Die Stupa radicalis, sowie die Verästelung der Normalpflanze aus Westaustralien wiederholt sich an diesen nordaustralischen Exemplaren, die allerdings grösser sind und auch darin abweichen, dass die feinen einröhrigen Fäden aus einem kurzen, sparrig-ästigen polysiphonen Aste entspringen. Der Mangel an Früchten verhindert eine weitere Unterscheidung.

Familia Laurenciaceae.

I. Delisea Lamouroux.

1. *D. pulchra* Mont. Harv. Phyc. Austr. t. 16. Kütz. Tab. phycol. Vol. XVIII. t. 68. Hab. Rockingham's Bay, Dallachi. (Richmondriver, Wilson's Promontory, Tasmania.)

II. Laurencia Lamouroux.

1. *L. filiformis* Mont. Voy. Pol. sud. p. 125.
Hab. Insula Tond sec. Montagne.

2. *L. obtusa* Lam. Harv. Phyc. Brit. t. 148. Fucus obtusus Huds. Turn. Hist. t. 21. Hab. Cap York, Daemel; Ins. Tond sec. Montagne. (In fast allen Meeren.)

Kleine Exemplare, die nicht gut zu einer der Varietäten dieser polymorphen Art zu bringen sind, erinnern an L. implicata J. Ag., ohne jedoch zu derselben zu gehören.

3. *L. obtusa var. majuscula* Harv. Phyc. Austr. Catal. n. 309[b].

Hab. Port Denison, Mai 1869, F. Kilner. (West- und Südaustralien.)

Caulis pedalis robustus. Ramelli creberrimi breves papillaeformes. Color fere sanguineus.

Obgleich der L. obtusa ähnlich, vermuthe ich, dass sie eine von dieser ver-schiedene Art bilde, wegen der kurzen cylindrischen Aestchen, die sich nur bei der sonst weit verschiedenen L. seticulosa finden. Die nordaustralischen Exemplare stimmen vollkommen mit der Westaustralischen überein.

4. *L. Vieillardi* Kütz. Tab. phyc. Vol. XV. p. 17. t. 45.

Hab. Cap York, Daemel. (Neucaledonien.)

Planta spithamaea, L. obtusae affinis.

5. *L. thuyoides* Kütz. Tab. phyc. Vol. XV. p. 26. t. 74.

Hab. Port Denison, F. Kilner. (Neucaledonien.)

Affinis L. obtusae. Planta fere pedalis, livida.

6. *L. botryoides* Gaill. var. *minor* Harv. Phyc. Austr. Catal. n. 312ᵃ. L. botryoides β, capitata Kütz. Tab. phyc. Vol. XV. t. 71.

Hab. Carpentaria Golf, Dr. F. v. Müller. (Südaustralien, Südafrica.)

7. *L. papillosa* Grev. var. *thyrsoides* Kütz. Tab. phyc. Vol. XV. t. 62.

Hab. Cap York, Daemel; Ins. Toud sec. Montagne. (Atlant. und Ind. Ocean, Roth. Meer, Adriat. und Mittelländ. Meer u. s. w.)

8. *L. nidifica* J. Ag. l. c. p. 749.
   var. *tenuior*; rami oppositi vel alterni longiores laxi, ramellis papillaeformibus approximatis remotisve obsiti.

Hab. Carpentaria Golf, Dr. F. v. Müller.

Caespites magni pannosi difficile extricandi. Rami prominentes quam in L. nidifica typica laxiores et minus denso ramulosi.

9. *L. concinna* Mont. Voy. Pol. sud. p. 126. t. 14. f. 3.

Hab. Ins. Toud sec. Montagne. (Port Natal.)

10. *L. pinnatifida* Lmx. Fucus pinnatifidus Turner Hist. t. 20.

Hab. Ins. Toud sec. Montagne. (In fast allen Meeren.)

III. **Lomentaria** Lyngbye.

1. *L. parvula* Gaillon J. Ag. l. c. p. 329. L. parvula β, vaga Kütz. Tab. phyc. Vol. XV. t. 87. L. tenera Kütz. l. c. p. 34. t. 95. (excl. syn. Chrysymenia tenera Liebm., quae Rhabdonia tenera J. Ag.) Champia parvula Harv.

Hab. Cap York, Daemel. (West- und Südaustralien, Europa.)

Die Exemplare haben fast sämmtlich eine grüne Farbe, wie es an solchen von Mexiko und Nordamerika allgemein ist.

Familia Wrangeliaceae.

I. **Wrangelia** Agardh.

1. *W. penicillata* Ag. spec. p. 138. Kütz. Tab. phyc. Vol. XII. t. 40. W. verticillata Kütz. l. c. t. 39.

Hab. Cap York, Daemel. (Westaustralien, Mittelländ. Meer, Nordamerika.)

Die Früchte sind ein wenig grösser, als an der Europäischen Pflanze, im Uebrigen finde ich keine Verschiedenheit.

Familia Corallinaceae.

I. **Corallina** Lamouroux.

1. *C. Cuvieri* Lamx. Polyp. flex. p. 286. Kütz. Tab. phyc. Vol. VIII. t. 70.

Hab. Port Denison, Fitzalan. (West- und Südaustralien, Norfolk-Inseln.)

II. Jania Lamouroux.

1. *J. tenuissima* Sond. Pl. Preiss. II. p. 186. Kütz. Tab. phyc. Vol. VIII. t. 84. J. micrarthrodia var. *α.* Aresch.

Hab. Cap York, Daemel. (West- und Südaustralien.)

2. *J. rubens* Lamx. Kütz. Tab. phyc. Vol. VIII. t. 80.

Hab. Port Denison, F. Kilner; Cap York, Daemel. (In allen Meeren.)

III. Cheilosporum Areschoug.

1. *C. sagittatum* Aresch. J. Ag. l. c. II. p. 545. Harv. Phyc. Austr. t. 250.

Hab. Port Denison. (Südafrica, Mauritius.)

IV. Amphiroa Lamouroux.

1. *A. anceps* Decaisne Harv. Ner. austr. t. 37.

Hab. Rockingham's Bay. (Ballina, Westaustralien, Norfolk-Inseln.)

V. Mastophora Decaisne.

1. *M. foliacea* Kütz. Tab. phyc. Vol. VIII. t. 100. Melobesia foliacea Kg. Spec. Alg. p. 696.

Hab. Cap York, in Cryptonemia capitellata parasitica, Daemel.

Kützing hat diese Bestimmung bestätigt. Von Mastoph. macrocarpa Mont. ist sie schwer zu unterscheiden.

VI. Melobesia Lamouroux.

1. *M. farinosa* Lamx. J. Ag. l. c. p. 512. Kütz. Tab. phyc. Vol. XIX. t. 95.

Hab. Cap York, in Caulinia parasitans, Daemel. (Atlant. u. Mittelländ. Meer.)

2. *M. membranacea* Lamx. Kütz. Phyc. gener. t. 78. f. 1.

Hab. Port Denison, Cap York, in Halimeda parasitica. (Fast in allen Meeren.)

Familia Sphaerococcoideae.

I. Portieria Zanardini (1851). Desmia J. Ag. (1852).

1. *P. coccinea* Zan. Regensb. bot. Zeitg. 1851. No. 3. Plocamium cincinnatum Mont. Alg. Yem. n. 15. Kütz. Tab. phyc. Vol. XVI. t. 47. Desmia ambigua J. Ag. l. c. Vol. II. p. 641.

Hab. Port Denison, Mai 1869. F. Kilner. (Ind. or., Ceylon, Fidje-Inseln.)

II. Sarcodia J. Agardh.

1. *S. palmata* Sond. fronde a stipite brevi palmatim expansa irregulariter incisa, laciniis apice emarginatis vel subdichotomis, coccidiis in disco et margine numerosis.

Hab. Cap York, Daemel.

Discus radicalis minutus. Stipes 3—4 lin. longus. Frons circ. 2 poll. longa, 3—4 poll. lata, aetate juniore fere orbicularis, ambitu inciso-lobata, sinubus rotundatis;

laciniae ultimae semipollicares vel breviores. Coccidia minuta, primum mamillata, demum carpostomio aperta, subglobosa, elevata. Color frondis junioris virescens, adultae roseo-subpurpureus. Substantia membranacea subcarnosa. Structura interna generis.

A S. Montagneana J. Ag. l. c. II. p. 623. distinguitur fronde humili palmatim divisa nec non substantia minus carnosa, a S. ceylanica Harv. Kütz. Tab. phyc. Vol. XIX. t. 33. habitu, colore et coccidiis minoribus sparsis.

III. **Thysanocladia** Endlicher.

1. *T. laxa* Sond. Alg. Müller, Linnaea Vol. XXV. 6. p. 689. Kütz. Tab. phyc. Vol. XIX. t. 30.

Hab. Carpentaria Golf. (Richmondriver, Henderson. Süd- und Westaustralien.)

Die Abbildung dieser Alge bei Harvey Phyc. Austr. t 211. ist wahrscheinlich nach einem ungewöhnlich grossen und robusten Exemplare angefertigt; die Kützing'sche passt besser, sie drückt auch den Character der Art in den am Grunde verschmälerten Aesten besser aus.

2. *T. densa* Sond. caule costato-incrassato, fronde angustissima membranacea plana lineari decomposito-ramosissima, laciniis distichis, ultimis pinnatitidis, lobis alternis v. suboppositis obtusis margine dentatis. Tab. II. Fig. 1—6.

Hab. Cap York, Daemel. (Fidje-Inseln.)

Frons 3—4 poll. longa et lata, ramis densis. Caulis et rami primarii 1 lineam fere lati serrato-dentati, ramuli pinnatim divisi, lobi ultimi circ. 1—2 lin. longi, ½ lin. lati, regulariter et acutissime dentati. Fructus deest. Color e purpureo fuscus. Substantia rigide membranacea, siccatae undulato-plicata, magnopere aucta tenuissime punctata. Structura interna generis.

Im Aeussern hat diese Alge eine so auffallende Aehnlichkeit mit Nitophyllum pristoideum Harv. Phyc. Austr. t. 229, dass ich sie längere Zeit dafür gehalten habe, bis die mikroskopische Untersuchung mich eines Besseren belehrte.

IV. **Gracilaria** Greville.

1. *G. Lemania.* Sphacrococcus Lemania Kütz. Tab. phyc. Vol. XVIII. p. 26. t. 75.

Hab. Cap York, Daemel. (Neucaledonien.)

Der G. confervoides täuschend ähnlich, in der Frucht und selbst in der Verästelung der Frons finden sich aber Abweichungen, die eine Vereinigung nicht zulassen. Die weisse Farbe, welche der Plocaria candida ihren Namen gegeben, findet sich auf gleiche Weise bei dieser G. Lemania aus Nordaustralien, sowie bei dem Exemplare aus Neucaledonien, welches mein Freund Kützing mir mitzutheilen die Gefälligkeit hatte.

2. *G. lichenoides* J. Ag. l. c. p. 588. Fucus lichenoides Turner Hist. t. 118. f. a. Sphaerococcus lichenoides Kütz. Tab. phyc. Vol. XVIII. t. 81.

Hab. Port Denison, Fitzalan; Cap York, Daemel. (Tropenalge.)

var. *corniculata;* fusco-purpurea, ramis plerumque versus apicem dense ramulosis, ramulis brevibus rigidiusculis attenuatis.

Hab. Port Denison, F. Kilner.

Die zur Hauptart gezählten Exemplare von Port Denison schliessen sich ganz denen aus dem Indischen Ocean, Java u. s. w. an; die vom Cap York, wahrscheinlich auf Korallenbänken gewachsen, sind feiner, häufig mit einseitswendigen, bisweilen gekrümmten Aesten versehen. Die anfangs grünliche Farbe ändert sich leicht in die weisse um. Die Varietät zeigt einige Aehnlichkeit mit Fucus corniculatus Turn. Hist. t. 182, aber nur dem äusseren Ansehn nach. Die grossen mit Stärkmehlkörnern reichlich angefüllten Zellen, die mit einer kleinzelligen äusseren Schicht umschlossen sind, geben das Bild der inneren Structur der bekannten G. lichenoides.

3. *G. polyclada* Sond. fronde fusco-purpurea tereti carnoso-cartilaginea dichotoma, ramis subunilateralibus, superioribus aggregatis digitato-partitis, ramulis subulatis simplicibus furcatisve obtusiusculis.

Hab. Port Denison, Fitzalan.

Eucheumati spinoso J. Ag. similis, sed structura generis Gracilariae. Specimen 5-pollicare. Caulis et rami lineam crassi, ramellis sparsis subulatis brevibus obsiti. Rami 1–2-pollicares, a basi ramulosi, ramuli inferiores breves furcati rarius digitati, superiores laciniis inaequalibus, 4–6 lin. longis.

4. *G. canaliculata.* Sphaerococcus canaliculatus Kütz. Tab. phyc. Vol. XVIII. p. 29. t. 82.

Hab. Cap York, Daemel. (Neucaledonien.)

Die von Kützing beschriebene und abgebildete Pflanze, die der Autor mir zur Ansicht mittheilte, ist noch sehr jung. Mein von Daemel gesammeltes Exemplar ist wie das des Grunow'schen Herbars vollständiger ausgebildet, leider aber auch noch ohne Frucht. Stengel und Aeste sind nicht so stark rinnenförmig, als der jüngere Zustand sich darstellt; ich möchte daraus schliessen, dass die Frons später ganz oder annähernd flach sein dürfte. An den unteren breiten Aesten entwickeln sich kleine Höcker oder randständige stumpfe Zähne. Die innere Structur ist die von Gracilaria.

V. **Corallopsis** Greville.

1. *C. Salicornia* J. Ag. l. c. p. 581. Ag. Icon. Alg. ined. t. VIII.
   var. *minor* Sond. fronde humiliore ramis patentibus, articulis plerisque coccidiiferis. Tab. III. Fig. 6—11.

Hab. Cap York, Daemel.

Discus radicalis minutus. Frons bipollicaris, cartilaginea. Coccidia 2—6 in articulo. Color sordide aeruginosus vel flavescens. Structura interna exacte ut in C. Salicornia a Chamisso collecta.

2. *C. Urvillei* J. Ag. l. c. p. 583. Hydropuntia Urvillei Mont. Voy. Pol. sud. p. 166. Pl. I. f. 1. a—g. Tab. nostr. III. Fig. 1—5.

Hab. Carpentaria Golf, Dr. F. von Müller; Cap York, Daemel; Insel Toud, d'Urville et Hombron. (Mare Chinense, Herb. Sond.)

Coccidia hemisphaerica, in ramis ramulisque crebra. Structura interna Corallopsidis Salicornia.

Diese merkwürdige Alge kommt in zwei Formen vor, wovon die eine, von Montagne abgebildete, als *forma robusta* zu bezeichnen, die andere, am Carpentaria Golf gesammelte, *forma extensa* genannt werden kann. Letztere ist feiner, hat einen ungefähr 3 Zoll langen, federkieldicken rundlichen Stengel, aus dessen Spitze sich mehrere, $\frac{1}{4}$—1 Fuss lange Aeste entwickeln, die nach allen Richtungen sich ausbreiten. Aus diesen Hauptästen, die nur hin und wieder stachelig sind, entspringen wiederum zahlreiche abwechselnde oder gegenüberstehende, oder wirtelständige, 2—3 Zoll lange Aeste, die an der Basis fadenförmig, nach oben sich verdickend, 3—5-kantig oder flügelig erscheinen, und sich auf gleiche Weise noch ein- oder zweimal verästeln. Die letzten Verzweigungen oder Artikulationen sind von sehr verschiedener Grösse, bald $\frac{1}{4}$ Zoll, bald nur 1—2 Linien lang, kantig stachelig, mit einem so feinen Stielchen, dass sie sehr leicht abbrechen. Diese kleinen Zweige bilden hin und wieder die Gestalt, welche Montagne pyramides tri-tetraëdras nennt. Die Stacheln sind conisch, sehr spitz, sie verlängern sich häufig, theilen sich an der Spitze und werden damit zu Anfängen neuer Zweige. Die Früchte sind an der getrockneten Pflanze kaum zu bemerken, da sie zwischen den Stacheln oder Runzeln versteckt sitzen; erst nach dem Aufweichen bemerkt man ihre wahre Gestalt. Montagne erklärt diese Alge mit Recht für ein neues Beispiel der bizarren Formen, wie sie nur in Australien gefunden werden. Er glaubte deshalb auch, obgleich die Frucht ihm unbekannt war, auf Grund des eigenthümlichen Habitus, der Verästelung und Farbe, eine neue Gattung aufstellen zu können.

Dem Kennerblick von J. Agardh entging die Aehnlichkeit oder Uebereinstimmung mit Corallopsis nicht, wenn er auch die Pflanze selbst nicht gesehen hatte; demnach finden wir sie in den Spec. Gen. et Ord. Algarum unter dem oben angegebenen Namen aufgeführt, worüber sich aber Montagne wieder in seiner bekannten Weise in den Sylloge gen. spec. Cryptogamarum äussert. Nachdem es mir geglückt ist, die Frucht aufzufinden und nachdem ich mikroskopische Untersuchungen mit reichlichem Material und einem Bruchstück des von Montagne selbst mitgetheilten Originals angestellt habe, muss ich die Ansicht Agardh's als die richtige ansehen.

Familia Gelidiaceae.

1. **Gelidium** Lamouroux.

1. *G. rigidum* Grev. Fucus rigidus Vahl. Fucus spiniformis Lam. diss. p. 77. t. 36. f. 3. 4. Sphaerococcus rigidus Ag.

Hab. Cap York, Daemel; Ins. Toud sec. Montagne (Atlant. u. Ind. Ocean; wie es scheint nur Korallenbewohner.)

2. *G. corneum* Lamx. Harv. Phyc. Brit. t. 53. Fucus corneus Turner Hist. t. 257.

Hab. Rockingham's Bay, Dallachi. (Richmondriver und wahrscheinlich an der ganzen Küste Australiens.)

Die Exemplare gehören zu der Abänderung, die Kützing Tab. phyc. Vol. XVIII. t. 44. als G. rigidum abbildet. Das eigentliche G. rigidum ist aber verschieden.

3. *G. acrocarpum* Harvey pl. exsicc. ins. Amicorum. G. repens Kütz. Tab. phyc. Vol. XVIII. t. 60. forma minor. Fucus intricatus Mertens herb. (specimina Japonica!). sed non Sphaerococcus intricatus Ag!

Hab. Port Denison, Cap York, Carpentaria Golf. (Bahia, Japan, Neucaledonien.)

Ich habe den obigen Namen gewählt, um wenigstens einen richtigen für diese kleine Alge zu haben. Es herrscht eine grosse Confusion unter den Arten von Gelidium, so weit dieses die Gattung Acrocarpus einschliesst. Für die vorliegende Pflanze ist die Verwirrung daraus entstanden, dass der in den Herbarien verbreitete Fucus intricatus von Nukahiva, der allerdings mit dem aus Japan übereinstimmt, für gleich mit Sphaerococcus intricatus Agardh spec. p. 333. gehalten worden ist. Dieser letztere, von Gaudichaud bei der Insel Ravak gesammelt, ist, wie die Abbildung des Originals bei Kützing Tab. phyc. Vol. XVIII. t. 35. nachweist, eine verschiedene Art. Montagne vertheilte, als bei Mauritius gesammelt, einen dritten Sph. intricatus, und noch andere dieses Namens habe ich in verschiedenen Sammlungen gesehen.

Von dem hier vorgestellten G. acrocarpum Harv. von den Freundschafts-Inseln möchte ich aber das G. acrocarpum Harv. pl. exsicc. Ceylon. getrennt halten, welches zweifelsohne mit G. scoparium Mont. Réunion f. 1. a zu vereinigen ist.

II. Soliera J. Agardh.

1. *S. chordalis* J. Ag. Alg. Medit. p. 157. Harvey Ner. Bor. Amer. t. 23. Kütz. Tab. phyc. Vol. XVII. t. 98. Gigartina gaditana Mont. in Webb. Ot. Hispan. t. 7. Cystoclonium turgidulum Kütz. l. c. Vol. XVIII. t. 16.

Hab. Rockingham's Bay. (Richmondriver, Port Jakson, Europa, Nordamerika.)

III. Dicranema Sond.

1. *D. setaceum* Sond. fronde filiformi tereti basi dichotoma, ramis erecto-patulis attenuatis apice setaceis, coccidiis depresso-hemisphaericis in tota fronde sparsis.

Hab. Port Denison, Fitzalan.

D. filiformi Sond. affinis, differt ramis apice sensim in setam attenuatis et fructu. An forsan idem cum Sphaerococco attenuato Ag.?, sed descriptio non convenit.

Frons caespitosa quadripollicaris, ramis fastigiatis, axillis acutiusculis. Coccidia sparsa, rarius in nonnullis ramis aggregata, demum carpostomio aperta. Placenta erecta, filis gemmidiiferis liberis numerosis subclavaeformibus apice articulatis. Gemmidia superiora 2—3 fertilia obovata. Substantia cartilaginea. Structura generis. Color purpurascens, plantae exsiccatae pallidus.

Die Gattung Dicranema, welche ich in den Algae Preissianae aufstellte, ist später von Kützing mit seiner Gattung Cystoclonium vereinigt worden. J. Agardh hat in den Spec. Algarum aber später Dicranema wieder hergestellt und Cystoclonium in dem ursprünglichen Sinne Kützing's für unser norddeutsches C. purpurascens beibehalten. Es erleidet keinen Zweifel, dass Kützing in den Species Algarum und in den Tab. phycologicae mehrere Arten bei Cystoclonium aufführt, die nicht zu derselben Gattung gehören können; so ist C. Gaudichaudi Kg. eine Prionitis, C. turgidulum Kg. gleich Soliera chordalis, C. obtusangulum Kg. gleich Acanthococcus antarcticus;

C. filiforme und Grevillei, von welchem letzteren C. patens Kg. nur ein grösseres Exemplar ist, gehören zu Dicranema. — Plocaria furcellata Mont. Alg. Ycm. n. 12. Gracilaria furcellata Mont. in herb. plur. Trematocarpus furcellatus Kütz. Tab. phyc. Vol. XIX. t. 73. aus dem rothen Meer halte ich gleichfalls für ein Dicranema. Aber die von Harvey Phycol. Austral. t. 286. für Gracilaria furcellata Mont. gehaltene süd-australische Pflanze ist kein Dicranema, sondern eine ächte Gracilaria, für diese kann der Harveysche Name beibehalten werden.

IV. **Hypnea** Lamouroux.

1. *H. musciformis* Lamx. Fucus musciformis Turner t. 127. et var. *β, Esperi* Bory, J. Ag. l. c. II. p. 442.

Hab. Ins. Tond, d'Urville et Hombron, sec. Montagne.

2. *H. ecticulosa* J. Ag. l. c. p. 446. Kütz. Tab. phyc. Vol. XVIII. t. 22 (setulis minus densis). H. charoides Sond. Alg. Preiss. excl. syn. Lamourx.

Hab. Port Denison, Mai 1869. F. Kilner. (Westaustralien, Tasmanien.)

3. *H. divaricata* Sond. Alg. Preiss. Kütz. Tab. phyc. Vol. XVIII. t. 25.

Hab. Port Denison, Fitzalan. (Westaustralien, Mexico.)

4. *H. cornuta* J. Ag. l. c. p. 449. H. hamulosa Sond. Alg. Preiss.

Hab. Port Denison, F. Kilner. (Guinea, Manilla, Ind. occid.)

5. *H. Valentiae* Mont. Canar. p. 161. in adnot. Fucus Valentiae Turner Hist. t. 78.

Hab. Port Denison, F. Kilner. (Rothes Meer.)

Diese und die vorhergehende stehen in naher Beziehung zu einander. Manche Exemplare der H. Valentiae sind auch schwer von H. hamulosa Mont. zu unterscheiden.

6. *H. nidifica* J. Ag.! l. c. p. 451.

Hab. Port Denison, Fitzalan. (Sandwich-Inseln.)

Specimina sterilia et sporifera.

7. *H. cervicornis* J. Ag. l. c. p. 451.

Hab. Port Denison, Fitzalan; Cap York, Daemel. (Atlant. u. Indisch. Ocean.)

Die bei P. Denison gesammelten Exemplare sind grösser oder mehr gestreckt, einen anderen Unterschied finde ich nicht.

8. *H. pannosa* J. Ag. l. c. p. 453. forma sterilis. H. pannosa Kütz. Tab. phyc. Vol. XVIII. t. 27. i. k.

Hab. Port Denison, Fitzalan. (Fidje-Inseln, Mauritius, Mexico.)

Es sind nur sterile, zu dichten Rasen verwebte, kriechende Pflanzen gesammelt. Diese bezeichnet J. Agardh als forma sterilis. Die fruchttragenden Pflanzen (von Mexikanischen Exemplaren) ragen weit über die sterilen, aus welchen sie sich ent-wickeln, hervor; solche Pflanzen nennt J. Agardh die forma fertilis. Kützing hält die beiden Formen für verschiedene Arten, und führt die forma fertilis unter dem Namen H. erecta auf, während er für die andere den Namen H. pannosa beibehält. Diese Meinungsverschiedenheit hat wohl darin ihren Grund, dass der Entdecker dieser Alge,

Professor Liebmann, die beiden Formen als Varietäten und getrennt von einander vertheilte. Da in der Gattung Hypnea so ungleiche Bildungen in der sterilen und in der fructificirenden Pflanze mehrfach beobachtet sind, so wird man die Agardh'sche Annahme für die richtigere halten müssen, und um so mehr, da in der Kützing'schen Abbildung von H. erecta an der Basis der Fruchtpflanze sterile, der H. pannosa ganz ähnliche Aeste gezeichnet sind.

9. *H. rugulosa* Mont. Voy. Pol. sud. p. 151. t. 13. f. 1. Kütz. Tab. phyc. Vol. XVIII. t. 27.

Hab. Port Denison, Fitzalan; Ins. Toud, d'Urville et Hombrou.

Bei J. Agardh p. 597 ist diese Art unter Gracilaria aufgeführt. Sie gleicht allerdings der G. armata, anderseits sehen die feineren Exemplare ganz wie Hypnea aus, die Struktur giebt keinen festen Anhalt. Da die Früchte bis jetzt noch unbekannt sind, so lässt sich nichts Sicheres entscheiden. Die Farbe ist roth, nach dem Trocknen schwärzlich.

V. **Eucheuma** J. Agardh.

1. *E. spinosum* J. Ag. l. c. p. 626. Fucus spinosus L. Turner Hist. t. 18.

Hab. Carpentaria Golf, Dr. F. v. Müller; Cap York, Daemel.

Von dieser bekannten essbaren, im Indischen Ocean weit verbreiteten Alge erhielt ich Exemplare bis zu zwei Fuss Länge, theils dicht bewehrt von quirlständigen oder zerstreuten Papillen, theils mit langen, völlig nackten Aesten, die mitunter in eine feine Spitze auslaufen. Als Handelsartikel kommen gewöhnlich dicke Exemplare vor. Ich bin der Meinung, dass von den beschriebenen Arten dieser Gattung, die fünf der ersten Abtheilung bei J. Agardh nur Formen einer und derselben Species sind. Auch die von Kützing Tab. phyc. XVII. t. 31 abgebildete Grateloupia opposita halte ich, nach Vergleichung des Original-Exemplars, nur für eine, allerdings interessante Varietät von E. spinosum.

Familia **Squamarieae.**

Peyssonnelia Decaisne.

1. *P. rubra* J. Ag. l. c. p. 502.

Hab. Port Denison, Fitzalan. (Südaustralien und Tasmanien, sonst auch anderswo auf Corallen, z. B. im adriat. Meere.)

Nur ein Exemplar gesandt.

Familia **Helminthocladieae.**

1. **Liagora** Lamouroux.

1. *L. leprosa* J. Ag. Alg. Liebm. p. 8.

Hab. Cap York, Daemel.

Die Gattung Liagora, deren Früchte noch unbekannt sind, besteht aus schwer zu unterscheidenden Arten. Die vorstehende, bisher aus dem Rothen Meer und von Veracruz bekannt, wird wahrscheinlich als Corallenbewohner eine weite Verbreitung haben.

II. **Galaxaura** Lamouroux.

1. *G. obtusata et oblongata* Lamx. Harv. Phyc. Austr. t. 228. Kütz. Tab. phyc. Vol. VIII. t. 35. I et II. Alysium Höltingii C. A. Agardh. Spec. I. p. 433.

Hab. Port Denison, Fitzalan. (Richmondriver, Westaustralien. Trop. und subtrop. Ocean.)

Es sind namentlich die Exemplare vom Richmondriver, welche die Kützing'sche Bemerkung rechtfertigen, dass selten Individuen vorkommen, an welchen sich nicht die Charactere beider Arten zugleich vorfinden. Die Pflanze wird an günstigen Lokalitäten sehr gross, ich erhielt sie bis zur Länge von 1½ Fuss.

2. *G. fragilis* Decaisne. Kütz. Spec. Alg. p. 530. G. fastigiata Kütz. l. c.

Hab. Rockingham's Bay, Dallachi. (Ind. Ocean).

Harvey erwähnt in der Phycologia Australasica, dass er unter dem obigen Namen von Decaisne dieselbe Pflanze erhalten habe, welche ihm Areschoug mit der Bezeichnung G. cylindrica übersandte. Die letztere besitze ich ebenfalls aus Areschoug's Hand und mit dieser stimmt die bei Rockingham's Bay gesammelte völlig überein, muss also die wahre G. fragilis sein. Das Synonym G. fastigiata Kg. habe ich hinzugefügt, weil ich von Kützing ein mit diesem Namen bezeichnetes, auf den Philippinen gesammeltes Exemplar besitze, welches ebenfalls gleich mit der australischen Pflanze ist. In den Tab. phycolog. hat Kützing weder G. fragilis noch G. fastigiata abgebildet, wohl aber die nahestehende, nach Herrn von Martens nicht verschiedene G. spongiosa Kg.

3. *G. (Microthoë) rugosa* Lamx. Kütz. Phycol. general. t. 43. f. 1. Tab. phyc. Vol. VIII. t. 33.

Hab. Cap York, Daemel; Port Denison, F. Kilner. (Tropen.)

Der untere, stielrunde Theil ist mit einem feinen Ueberzug bedeckt, im Uebrigen ist sie ganz kahl. Die Farbe ist bräunlich purpurfarbig.

4. *G. (Microthoë) lapidescens* Lamx. Kütz. Tab. phyc. Vol. VIII. t. 38.

Hab. Cap York, Daemel. (Westaustralien, Roth. Meer. Im ganzen trop. Ocean.)

III. **Actinotrichia** Decaisne.

1. *A. rigida* Decne Nouv. Annal. Sc. nat. XVIII. p. 118. Galaxaura indurata Kütz. Tab. phyc. Vol. VIII. t. 31.

Hab. Cap York, Daemel. (Ins. Sandwich, Philippinen, Madagascar, Roth. Meer.)

Familia **Rhodymeniaceae.**

I. **Plocamium** Harvey.

1. *P. coccineum* Lyngb. var. *tenue* Kütz. Tab. phyc. Vol. XVI. t. 41.

Hab. Rockingham's Bay. (In allen Meeren.)

2. *P. angustum* J. Ag. Symb. p. 10. P. angustatum Kütz. Tab. phyc. Vol. XVI. t. 48.

Hab. Rockingham's Bay, Dallachi. (Ganz Australien.)

3. *P. procerum* β, *Mertensii* Harv. Phyc. Austr. Cat. n. 491ᵃ. ?

Hab. Rockingham's Bay.

Nur einige unvollständige Bruchstücke, die freilich nicht gut zu einer anderen Art gehören können.

II. **Rhodophyllis** Kützing.

1. *R. Preissiana* Kütz. Spec. Alg. p. 786. Rhodymenia Preissii Sond. Pl. Preiss. Vol. II. p. 191.

Hab. Cap York, Daemel. (Westaustralien.)

Rhodophyllis blepharicarpa Harv. Phyc. Austr. t. 254. ist vielleicht nicht verschieden von R. Preissiana. Aber Calliblepharis Preissiana Harv. Phyc. Austr. t. 106. ist schwerlich einerlei mit R. Preissiana, wie Harvey meint; erstere hat eine frons rigide cartilaginea, letztere eine frons membranacea.

Familia Spyridiaceae.

Spyridia Harvey.

1. *S. filamentosa* Harv. Phyc. Brit. t. 46.

Hab. Cap York, Daemel. (Küste von ganz Australien, Atlant. Ocean, Adriat. Meer u. s. w.)

Familia Cryptonemiaceae.

I. **Gigartina** Lamouroux.

1. *G. species nova?*

Hab. Port Denison.

Ein Bruchstück, vielleicht zu G. Radula J. Ag. gehörend. [1])

II. **Cryptonemia** J. Agardh.

1. *C. capitellata* Sond. caulesceus, costata, costa fere ad apicem usque producta, fronde hinc inde e disco prolificante irregulariter pinnato-multifida, ramis linearibus compressis obtusis margine denticulatis ciliatis vel furcato-ramellosis, superioribus approximatis, favellis in ciliis vel ramellis angustis terminalibus capitato-dilatatis pluribus segregatis.

[1]) Ich benutze die Gelegenheit, hier eine neue und schöne Art dieser Gattung aus Südaustralien hinzuzufügen, und dieselbe der Entdeckerin, Mrs. Wehl, deren Eifer für die Algenkunde aus Harvey's Phycologia Austr. bekannt ist, und deren Liberalität ich durch Vermittlung ihres Bruders, des Herrn Dr. F. v. Müller, eine schöne Sammlung Algen aus der genannten Gegend verdanke, zu widmen.

Gigartina (Mastocarpus) Wehliae Sond. fronde carnosa plana ima basi subcanaliculata pinnato-dichotoma, ramis palmato-divisis, segmentis omnibus marginatis, papillis marginalibus ramosis, cystocarpiis globosis solitariis pedicellatis. Tab. IV.

Hab. M'Donnell Bay, Mrs. Wehl; Port Phillip Heads, Dr. F. v. Müller.

Alga speciosa. Frons 2—4-pollicaris, plerumque aequilonga ac lata, flabellato-ramosa, tota margine subincrassato cincta. Segmenta margine, nunquam disco papillosa. Color coccineus, saepius in amethystinum tendens. Substantia carnosa, crassiuscula, exsiccatae firmior.

Hab. Cap York, Daemel.

Frons 2—3 pollices longa et lata, fere semper Mastophora foliacea Kg. obducta. Caulis a basi divisus teres. Rami distichi, ⅓—1 lin. lati, ramuli ultimi angustissimi, aliis latioribus obtusis intermixtis. Prolificationes e disco ortae, breves. Fructificatio in ramis ciliiformibus, apice dilatatis. Favellae 3—8, rarius 1—2, immersae, in alterutra pagina prominentes; nucleus simplex, gemmidia numerosa, minutissima, subpyriformia, membrana hyalina cincta. Sphaerosporas non vidi. Color ex roseo-purpurascens. Substantia membranaceo-cartilaginea. Stratis tribus contexta est, interius constat filis articulatis ramosis intricatis circumdatum cellulis rotundatis ad superficiem sensim minoribus.

Similis Chondro coccineo Kütz. Tab. phyc. Vol. XVII. t. 62., differt fronde costata et ramis.

Cryptonemia multicornis (Gelidium multicorne Kütz. Tab. phyc. Vol. XVIII. t. 66. cujus fructificatio adhuc ignota, distinguitur ramificatione densiore, ramulis lateralibus subulatis crebris subcrispatis non dentatis nec ciliatis et costa in ramis deficiente. — Cryptonemia rigida Harv. frondem habet multo rigidiorem, ecostatam.

2. *C. undulata* Sond. Linnaea Vol. XXVI. p. 516. Harv. Phycol. Austr. t. 205. Kütz. Tab. phyc. Vol. XIX. t. 31.

Hab. Cap York, Daemel. (Port Phillip.)

III. **Chrysymenia** J. Agardh.

1. *C. Uvaria* J. Ag. Spec. II. p. 214.

Hab. Cap York, Daemel. (Ind. Ocean, Nordamerika, Mittelländ. u. Adriat. Meer.)

Die australischen Exemplare sind bedeutend grösser als die europäischen, im Uebrigen aber nicht verschieden.

IV. **Halymenia** Agardh.

1. *H. ceylanica* Harv. Alg. exs. Kütz. Tab. phyc. Vol. XVI. p. 33. t. 93.

Hab. Port Denison, F. Kilner. (Ceylon.)

Segmenta ultima saepe ciliato-dentata.

2. *H. lacerata* Sond. frondibus carnosis e radice scutulato pluribus basi cuneatis apicem versus dilatatis irregulariter incisis vel subdichotomis margine lacerato-ciliatis.

Hab. Cap York, Daemel.

Frondes roseo-subpurpureae, circ. 4—6 pollices longae et latae, apice summo aut fere ad medium usque magis minusve lacerato-incisae, segmentis inaequalibus. Ciliae marginem occupantes 2—4 lin. longae angustissimae, vel lineam circiter latae, integerrimae aut denticulatae. Chartae arcte adhaeret.

V. **Prionitis** J. Agardh.

1. *P. obtusa* Sond. fronde compresso-plana lineari dichotoma subfastigiata, segmentis disco et margine prolificationibus glandulaeformibus rotundato-obtusis. Tab. II. Fig. 7—9.

Hab. Cap York, Daemel.

Frons circ. 3-pollicaris, ter quaterve dichotome divisa, segmenta divaricato-patentia. Spatium inter dichotomias inferiores fere pollicis, inter superiores brevius. Prolificationes oblongae v. obovatae obtusae compressae, $\frac{1}{4}$—1 lin. longae. Fructus deest. Colòr sordide violaceus. Substantia cornea tenax.

Affinis videtur Prionitidi australi J. Ag. l. c. p. 188. — Grateloupia emarginata Kütz.! Tab. phyc. Vol. XVII. t. 29. distinguitur fronde minore, ramosiore, irregulariter dichotoma, tenuiore non cornea, et colore pulchre purpureo.

Familia Ceramiaceae.

I. **Centroceras** Kützing.

1. *C. clavulatum* Mont. Fl. Alg. p. 140.

var.? *cryptacanthum*. C. cryptacanthum Kütz. Tab. phyc. Vol. XIII. t. 17.

Hab. Cap York, Daemel.

var.? *micracanthum*. C. micracanthum Kütz. l. c. t. 18.

Hab. Port Denison, F. Kilner.

II. **Ceramium** Agardh.

1. *C. (Hormoceras) pygmaeum* Kütz. Tab. phyc. Vol. XII. t. 75.

Hab. Cap York, Daemel.

Gracilariae lichenoidi insidens.

III. **Haloplegma** Montagne.

1. *H. Duperreyi* Mont. Nouv. Ann. sc. nat. Vol. XVIII. t. 7. f. 1. Kütz. Tab. phyc. Vol. XII. t. 62.

Hab. Cap York, Daemel.

Vollkommen übereinstimmend mit einem Exemplar von Martinique aus Montagne's Hand. Von H. Preissii Sond. schon im Aeusseren durch die grünliche Farbe und das dichtere Netzgewebe zu unterscheiden.

SERIES III. **CHLOROSPERMEAE.**

Familia Siphonaceae.

I. **Caulerpa** Lamouroux.

1. *C. biserrulata* Sond. surculo setaceo glabro, frondibus erectis simplicibus nudis vel disco proliferis enerviis oblongo-linearibus linearibusve obtusis margine dentibus bifidis serrulatis. Tab. II. Fig. 10—12.

Hab. Cap York, Daemel.

Surculus 2—3-pollicaris. Frondes 1—2 pollices longae, circ. 2 lin. latae, interdum e disco 1—2 prolificationes frondi aequales emittentes. Margo minute dentato-serrulatus, dentes solitarii, vel duo approximati, bifidi, acutissimi. Color gramineo-viridis, nitens. Substantia membranacea tenuis.

Im Ansehn der C. parvifolia Harv. Phyc. Austr. t. 172. sehr ähnlich, steht sie in ihren Charakteren, besonders der proliferirenden Frons wegen, der C. prolifera Ag. näher, von beiden aber durch die eigenthümlichen kleinen Sägezähne des Randes, die in der Regel zu zwei neben einander stehend, breit ausgerandet oder zweispaltig sind, verschieden.

2. *C. plumaris* Ag. Spec. Alg. p. 436. Harv. Ner. bor. Americ. t. 38. C. Fucus taxifolius Turner t. 54.

Hab. Port Denison, F. Kilner. (Ost- und Westindien.)

3. *C. taxifolia Ag. var. asplenioides Harv.* Phyc. Austr. t. 178. C. asplenioides Grev. Ann. and Magaz. nat. Hist. 1853. n. 67. cum icone.

Hab. Cap York, Daemel; Albany Island, Dr. F. v. Müller; Port Denison, F. Kilner.

Die Exemplare gleichen vollkommen der Greville'schen Abbildung, sind aber etwas kleiner als die Harvey'sche Figur, im Uebrigen ganz übereinstimmend mit Harvey's Beschreibung.

4. *C. laetevirens* Mont. Voy. Pol. sud. p. 16. t. 6. f. 1. Kütz. Tab. phyc. Vol. VII. t. 12.

Hab. Port Denison, F. Kilner; Ins. Toud sec. Montagne.
    var. ramentis minoribus.

Hab. Carpentaria Golf, Dr. F. v. Müller.

Die Varietät hat die keulenförmigen Blätter von C. laetevirens, nur sind sie um die Hälfte kleiner. Harvey's Ansicht, C. cylindrica Sond. und laetevirens Mont. seien zu vereinigen, kann ich nicht beipflichten, eben so gut könnte man alsdann auch C. laxa Grev. als forma gracilis hinzufügen. — In der Regel liegen die Blätter von C. laetevirens ziegeldachförmig über einander, indess finde ich an den grossen Exemplaren von Port Denison grösstentheils zweizeilige Blätter, und nur an dem unteren Theile stehen sie dachziegelig. Hiernach betrachte ich C. corynephora Mont. nur als Varietät von C. laetevirens.

5. *C. clavifera* Ag. Spec. p. 437. var. *Lamourouxii* Ag. Fucus Lamourouxii Turn. Hist. t. 229.

Hab. Carpentaria Golf, Dr. F. v. Müller. (Rothes Meer.)

Die verschiedenen Formen der C. clavifera hat Kützing in der Tab. phyc. Vol. VIII. t. 14. sehr schön zusammengestellt, zu denselben gehört auch C. oligophylla Mont. Voy. Pol. sud. p. 13.

6. *C. sedoides* Ag. Spec. p. 438. Kütz. Tab. phyc. Vol. VII. t. 15. Fucus sedoides Turn. Hist. t. 172.

Hab. Cap York. Daemel.

7. *C. peltata* Lamourx. Ag. Spec. p. 440. Kütz. Tab. phyc. Vol. VII. t. 16. C. nummularia Harv. exsicc.

Hab. Carpentaria Golf, Dr. F. v. Müller.

8. *C. Selago* Ag. Spec. p. 442. Kütz. l. c. t. 11. Fucus Selago Turn. Hist. t. 55. Hab. Ins. Toud, d'Urville et Hombron. (Roth. Meer, Südaustralien.)

9. *C. cupressoides* Ag. Spec. p. 441. Harv. Ner. bor. Amer. t. 39. C. cupressoides α, longifolia Kütz. l. c. t. 13. I.

Hab. Port Denison, F. Kilner; Ins. Toud, d'Urville et Hombron. (Westindien.)

Ramenta paullo longiora et angustiora quam in icone Harveyana.

10. *C. serrata Kütz.!* Alg. exs. Vieillard.

Hab. Port Denison, Fitzalan, 1867. (Neucaledonien.)

Ausser der bedeutenderen Grösse — sie wird 1 Fuss und darüber hoch — passt die Beschreibung und Abbildung von C. cupressoides forma brevifolia Kütz. Tab. phyc. Vol. VII. p. 6. t. 13. f. 1[b]. so gut auf diese, meines Wissens noch nicht beschriebene neue Alge, dass ich es schwer finde, einen Unterschied anzugeben. Die grösste Aehnlichkeit damit hat auch die in Harvey's Nereis bor. Americ. auf Taf. XXXIX. fig. 2 abgebildete C. cupressoides. Und ebenfalls sehr ähnlich ist C. ericifolia Kütz. l. c. t. 10, die aber nicht die gleichnamige Pflanze Agardh's ist. — An C. serrata erscheinen die kleinen Blätter nach dem Trocknen zweizeilig, sie stehen in Wirklichkeit aber in drei Reihen.

11. *C. Urvilleana* Mont. Voy. Pol sud. p. 21. Hab. Ins. Toud, d'Urville.

12. *C. Webbiana* Mont. Kütz. l. c. t. 16. C. tomentella Harv.! exs.

Hab. Cap York, Daemel. (Canar. Ins., Neucaledonien.)

Vollkommen übereinstimmend mit den Exemplaren von den Canarischen Inseln so wie mit den aus Neucaledonien.

II. **Halimeda** Lamouroux.

1. *H. incrassata* Lamx. Polyp. p. 307. Harv. Phyc. Austr. t. 125.

Hab. Cap York, Daemel; Port Denison, Fitzalan, F. Kilner. Albany Isl. Dr. F. v. Müller. (Trop. Ocean, Florida.)

2. *H. macroloba* Decaisne Arch. Mus. Vol. II. p. 118. Harv. Phyc. Austr. t. 267.

Hab. Carpentaria Golf. (Süd- und Westaustralien, Roth. Meer, Trop. Ocean.)

Durch Herrn von Martens erhielt ich dieselbe Alge unter dem Namen H. discoidea Decaisne, bei Singapore gesammelt. Diese letztgenannte soll bei Kamtschatka vorkommen, ich kenne sie nicht, und aus der überaus dürftigen Beschreibung lässt sich nicht folgern, dass sie gleich mit H. macroloba, von der ich ein authentisches Exemplar besitze, sein könne.

3. *H. Tuna* Lamx. Harv. Ner. bor. Americ. Vol. X. t. 40 [A]. Kütz. Tab. phyc. Vol. VII. t. 21. f. 4.

Hab. Cap York, Daemel.

4. *H. Opuntia* Lamx. Kütz. Tab. phyc. Vol. VII. t. 21. f. 1.

Hab. Rockingham's Bay.

H. multicaulis Lamx. ist nichts anderes als H. Opuntia, wie schon Grunow bemerkt; ob aber auch H. triloba ebenfalls dazu gehört, ist nach dem, was ich unter diesem Namen besitze, noch zweifelhaft.

III. **Codium** Agardh.

1. *C. tomentosum* Ag. Harv. Phyc. Brit. t. 93. Kütz. Tab. phyc. Vol. VI. t. 94. C. Vermillaria Delle Chiaje Hydroph. I. 14.

Hab. Rockingham's Bay, Dallachi. (Richmondriver, Ballina, ganz Australien und in allen Meeren, ausgenommen im Norden.)

Die kleinen Exemplare kaum zwei Zoll, die grossen dagegen über einen Fuss lang.

IV. **Chlorodesmis** Bailey et Harvey.

1. *C. comosa* B. & H. Alg. ins. Amicor. exs. n. 90. Grunow Alg. Novara p. 35. Tab. nostr. VI. Fig. 5—9.

Hab. Port Denison.

V. **Vaucheria** Decandolle.

1. *V. fastigiata* Ag. Syst. p. 176. Mont! Voy. Pol. sud. Bot. I. p. 36.

Hab. Ins. Toud, d'Urville.

Familia **Dasycladeae.**

I. **Chloroclados** Sond. *nov. genus.*

Frons clavata, tubulosa, simplex, viridis, crusta calcarea destituta, ex axi tubuliformi, crasso, monosiphonio, continuo, et ramis horizontalibus, liberis, verticillatis, abbreviatis, dichotome divisis, articulatis composita. Sporangia terminalia, globosa, pedicellata, ramellis quaternis, verticillatis, attenuatis, articulatis, sporangio multo longioribus circumdata. Sporae numerosae, sphaericae, membrana hyalina inclusae.

Alga marina, viridis, Dasyclado nec non Neomeri affinis, a priore ramis non trichotomis et sporangio terminali, pedicellato diversa. Genus Neomeris distinguitur crusta calcarea et membrana tenui frondem involvente.

1. *C. australasicus* Sond. Tab. V. Fig. 1—6.

Hab. Cap York, Daemel.

Radix minuta, discoidea. Frondes caespitosae, 1—2½ poll. longae, circ. 1 lin. in diametro, facie fere formae depauperatae Dasyclad. occidentalis Harv. Ner. Bor.-Amer. t. 41. f. 2. Axis filiformis, capillo humano 3—4-plo crassior, albidus, ramis verticillatis densissime vestitus, verticillus e ramis circ. 8—12 constans. Rami vel articuli primarii obovati, di-, rarius subtrichotomi; ramelli articulati, superiores minores, oblongi, obtusi, interdum attenuati, omnes endochromate viridi repletis. Sporangium in apice rami primarii pedicellatum, sphaericum, ramis verticillatis quaternis circumdatum, ramellorum articuli inferiores oblongi, superiores sensim sensimque angustiores et longiores, terminalis acutus v. obtusiusculus. Sporangium maturum sphaericum.

Da von der Gattung Neomeris, ausser der ganz unvollständigen in Lamouroux Polypiers coralligènes flexibles, noch gar keine Abbildung existirt, und unser deutscher Dasyclados claviformis, wenn auch wiederholt abgebildet, doch immer nur steril dargestellt ist, so habe ich es für zweckmässig gehalten, von diesen beiden ein Bild hinzuzufügen. Die schleierartige Hülle (indusium) ist, wie schon Harvey in der Nereis Boreali-Americana erwähnt, ein vortreffliches Kennzeichen, um Neomeris von Dasyclados und Chloroclados zu unterscheiden. Sie besteht aus einem weitmaschigen Zellgewebe und bildet eine zarte Membran, mit welcher die von der Axe ausgehenden Quirlästchen verwachsen sind. Bei Neomeris dumetosa ist dieser Schleier weniger kalkhaltig und dicht, desshalb auch leichter vergänglich als bei Neomeris nitida Harv., wo er das ganze Pflänzchen fest einhüllt und gleichsam wie mit einem Lackfirniss überzogen ist, so dass die innere Structur erst nach dem Zerschneiden deutlich zum Vorschein kommt.

II. **Acetabularia** Lamouroux.

1. *A. crenulata* Lamourx. Polyp. flex. p. 6. tab. 8. f. 1. Harv. Ner. bor. Amer. III. p. 40. t. 42 A. Kütz. tab. phyc. Vol. VI. t. 92. IV.

var. *major*, pelta majore. A. major v. Mart. Preuss. Ostasiat. Exped. p. 25. tab. IV. f. 3.

var. *minor*, pelta minore. A. integra var. minor Froelich herb. A. caraibica Kütz. tab. phyc.

Hab. Port Denison, F. Kilner. (Westindien, Florida, Chili, Siam, Freundschaftinseln).

Harvey hat a. a. O. diese Alge sehr schön abgebildet und auch auf die Entwickelung derselben aufmerksam gemacht. Der weisse Stiel ist in Bezug auf seine Länge sehr veränderlich, ich besitze Exemplare, an welchen derselbe 1 bis 2 Zoll, andere, wo er 3—4 Zoll lang ist. Der Schild misst bei der var. minor nur 1—3 Linien, bei der var. major 6—10 Linien im Durchmesser, Exemplare von Cuba und Chili stehen in der Mitte. Die einzelnen Zellen, aus welchen der Schild gebildet ist, sind im jüngeren Zustande spitz, später abgerundet oder schwach ausgerandet. Der Schild ist dunkelgrün und wie mit Firniss überzogen wenn die Pflanze vollständig entwickelt d. h. mit reifen Sporen versehen ist; im weiter fortgeschrittenen Alter wird der Schild heller, fast weiss durch die sporenlosen Zellen.

Familia **Valoniaceae.**

I. **Penicillus** Lamarck.

1. *P. Arbuscula* Mont. Voy. Pol. sud. p. 25. t. 14. f. 4. Harv. Phyc. Austr. t. 22. Hab. Ins. Toud, d'Urville. (Westaustralien.)

II. **Anadyomene** Lamouroux.

1. *A. Mülleri* Sond. frondibus aggregatis basi angustatis stipitatisve membranaceis planiusculis irregulariter lobatis, lobis obtusis, venis confervoideis, primariis tri-multifidis

flabellatim ordinatis, secundariis tenuioribus transversalibus anastomosantibus, omnibus serie cellularum tenuissima obtectis. Tab. VI. Fig. 1—4.

Hab. Port Denison, F. Kilner 1869.

Frondes 1—2 pollicares, virides, membranaceae, plerumque obovatae, irregulariter obtuseque lobatae. Venae primariae fere ut in A. flabellata.

Diese, zu Ehren des Herrn Dr. F. v. Müller benannte interessante Alge hat im Aeusseren das Ansehen einer Ulve, und nur bei der Vergrösserung erscheint der Charakter von Anadyomene. Aber auch von dieser Gattung weicht sie in einigen Kennzeichen ab, jedoch wie mir scheint, nicht so sehr um ein neues genus daraus aufstellen zu dürfen. Anadyomene ist gebildet aus confervenartigen, handförmig verzweigten und anastomosirenden allmälig kleiner werdenden Zellen, die so dicht aneinanderliegen, dass das Ganze eine geschlossene, ulvenartige Membran bildet. Die neue A. Mülleri hat nun dieselben Hauptadern, aber die weitere Verästelung ist eine andere und ausserdem ist sie ganz mit einer, aus kleinen eckigen Zellen gebildeten einfachen Membran bedeckt, die bei der typischen Anadyomene flabellata fehlt. In naher Verwandschaft mit Anadyomene steht die Gattung Microdictyon. Diese ist ebenfalls aus dicht verzweigten confervenartigen Zellen gebildet, die Verästelung ist aber etwas verschieden und die Zellen der letzten Verzweigungen liegen nicht dicht an einander, berühren sich also nicht, und das ganze Laub bildet eine nicht geschlossene Membran. Von Microdictyon kennen wir eine Art von der Ostküste, M. Agardhianum Decaisne, von Harvey bei Sidney gesammelt, die aber auch bei den Freundschaftsinseln, Neucaledonien, Port Natal und bei Teneriffa vorkommt und eine und dieselbe Species bildet mit M. Calodictyon und Velleyanum Dec. Eine neuere Art ist M. clathratum Martens, Preuss. Ostasiat. Exped. p. 25. t. IV., aus dem indischen Ocean. Diese ist aber eigentlich kein Microdictyon mehr, sondern schliesst sich weit mehr an Anadyomene und namentlich an unsere A. Mülleri an, denn das Laub bildet eine geschlossene Membran, durchzogen mit den grossen, fächerartig verästelten confervenartigen Hauptnerven, welche indess nicht mit einem feinen Zellgewebe bedeckt sind.

Familia Ulvaceae.

I. **Enteromorpha** Link.

1. *E. intestinalis* Lk. Ulva intestinalis L. Kütz. tab. phyc. Val. VI. t. 31. E. africana Kütz. l. c. t. 40. E. minima Kütz. l. c. t. 43.

Hab. Cap York, Daemel. (In allen Meeren.)

2. *E. compressa* Grev. Harv. Phyc. Brit. t. 335.

var. trichodes et E. Novae Hollandiae Kütz. l. c. t. 38. E. ramulosa et E. spinescens Kütz. l. c. t. 33. f. 2. 3. E. acanthophora Kütz. l. c. t. 34. E. paradoxa Kütz. l. c. t. 35. E. complanata et var. crinita Kütz. l. c. t. 39. E. fulvescens Kütz. l. c. t. 42.

Hab. Cap York, Daemel. (Ebenfalls in allen Meeren vorkommend.)

II. **Ulva** Linn. *Monostroma Thuret.*

1. *U. Lactuca* L. Harv. Phyc. Brit. t. 243. Kütz. l. c. Vol. VI. t. 12.

Hab. Rockingham's Bay. (Richmondriver, Südaustralien, Tasmanien, Europa u. s. w.)

Die Basis des Exemplars vom Richmondriver ist unverletzt, und becherförmig wie in der Abbildung von Harvey.

III. **Phycoseris** Kützing.

1. *P. lobata* Kütz. Spec. Alg. p. 477. Tab. phyc. Vol. VI. t. 27. P. gigantea β, perforata Kütz. Spec. p. 476. Ulva latissima Harv. Phyc. Brit. t. 171.

Hab. Rockingham's Bay, Dallachi. (Europa u. s. w.)

2. *P. Ulva* Sond. pl. Preiss. II. p. 153. Kütz. Spec. Alg. p. 477, (in Tab. phycol. omissa.) Ulva rigida Harv. Phyc. Austr. Synopt. Catalogue n. 757.

Hab. Cap York, Daemel. (Süd und Westaustralien.)

3. *P. reticulata* Kütz. Tab. phyc. Vol. VI. t. 29. Ulva reticulata Forskal.

Hab. Ins. Toud sec. Mont. Cap York, Daemel. (Mittelländ. Meer und südwärts weit verbreitet, wahrscheinlich nur Corallenbewohner.)

Familia Confervaceae.

I. **Cladophora** Kützing.

1. *C. anastomosans* Harv. Phyc. Austr. t. 101.

Hab. Cap York, Daemel. (Westaustralien, Ins. Philippinen.)

Die Exemplare der drei Standorte stimmen vollkommen überein.

2. *C. anisogona* Kütz. tab. phyc. Vol. III. t. 99. Conferva anisogoua Mont. Voy. Pol. sud. Bot. I. p. 11. tab. 13. f. 3.

Hab. Ins. Toud, d'Urville.

3. *C. aegiceras* Kütz. l. c. Vol. IV. t. 76. Conferva aegiceras Mont. l. c. p. 9. t. 7. f. 2.

Hab. Ins. Toud, d'Urville.

Nach einem von Montagne mitgetheilten Exemplare, der folgenden C. cristata sehr ähnlich, aber weniger ästig.

4. *C. cristata* Zanard. Alg. Portier. Flora 1851. n. 3.

Hab. Cap York, Daemel. (Zanzibar, Rothes Meer.)

Die längst bekannte Conferva cristata Roth (Cladophora cristata Kütz. Tab. phyc. Vol. IV. t. 25.) ist dieser Zanardini'schen sehr ähnlich, aber durch viel längere Artikulationen der oberen Aeste unterschieden; es hätte demnach eigentlich hier, oder bereits in den Algen von Roscher in von der Decken's Reise, wo dieselbe ebenfalls aufgeführt ist, ein neuer Name dafür gewählt sein müssen. Ich habe solches unterlassen, weil wir den Formenkreis der schon zu hunderten zählenden Cladophoren noch gar nicht kennen, und weil ich nicht sicher bin, ob nicht die vorhergehende C. aegiceras, wovon Montagne unvollständige Exemplare abbildete und vertheilte, den Typus dieser veränderlichen C. cristata bilden möchte.

II. **Chaetomorpha** Kützing.

1. *C. coliformis* Kütz. Tab. phyc. Vol. III. t. 62. Conferva coliformis Mont! l. c. p. 5.
Hab. Ins. Toud sec. Montagne. (Tasmanien.)

2. *C. tortuosa* Kütz. Tab. phyc. Vol. III. t. 51. f. 2. Conferva tortuosa Dillw.
Conf. t. 46. Harv. Phyc. Brit. t. 54. A.
Hab. Cap York, Daemel.

Nicht zu unterscheiden weder von der Mittelmeerpflanze, noch von der aus
dem Ochotzkischen Meere.

Familia Oscillariaceae.

I. **Hydrocoleum** Kützing.

1. *H. lyngbyaceum* Kütz. Spec. Alg. p. 259. Tab. phyc. Vol. I. t. 51.
Hab. Cap York, Daemel.

Ich verdanke das Exemplar der Mittheilung des Herrn Grunow.

II. **Leibleinia** Endlicher.

1. *L. australis* Kütz? Spec. Alg. p. 277. Tab. phyc. Vol. I. t. 83.
Hab. Cap York, Daemel.

Zwischen Polysiphonien und Enteromorpha.

III. **Lyngbya** Agardh.

1. *L. anguina* Mont! Voy. Pol. sud. p. 3. Kütz. Tab. phyc. Vol. I. t. 90. VI.
Hab. Ins. Toud in Caulerpa cupressoide sec. Montagne; Cap York, Daemel, cum
Enteromorphis.
Color laete viridis.

2. *L. majuscula var. pacifica* Harv. Alg. exsicc. ins. Amicor. n. 120. L. pacifica
Kütz. Tab. phyc. Vol. I. t. 90. V. L. maxima Mont.
Hab. Cap York, Daemel.

Die Farbe dieser Alge ist mehr oder weniger violet, bisweilen ins grünliche
spielend, wie es auch mitunter bei den englischen Exemplaren von Sidmouth vorkommt.
L. aeruginosa sowie einige andere Arten dieser Gattung ändern ebenfalls in der Färbung
ihrer Fäden ab.

3. *L. spec.* cincinnatae Kütz. l. c. t. 89. V. affinis.
Hab. Cap York, Daemel.

Erklärung der Tafeln.

Taf. I.

Fig. 1—10. *Vidalia Daemeliana* Sond.
1. In natürlicher Grösse.
2. Eine Fieder vergrössert.
3. 4. Theile der Fieder stärker vergrössert.
5. Einige Reihen der stark vergrösserten hexagonalen Zellen.
6. Vergrösserter Querschnitt eines Hauptastes.
7. Junge Stichidie.
8. 9. Antheridien.
10. Verzweigte Gliederfäden zugleich mit den Antheridien vorkommend.

Fig. 11—15. *Vidalia pumila* Sond.
11. In natürlicher Grösse.
12. Einzelne Blätter.
13. Dieselben vergrössert.
14. Der obere Theil in stärkerer Vergrösserung.
15. Drei Reihen der hexagonalen Zellen.

Taf. II.

Fig. 1 — 6. *Thysanocladia densa* Sond.
1. In natürlicher Grösse.
2. Ein kleiner Zweig.
3. Ein Stück desselben stärker vergrössert.
4. Ein stark vergrösserter Zahn.
5. Querdurchschnitt durch den Hauptast,
6. Längsdurchschnitt durch denselben, letzterer sehr stark vergrössert.

Fig. 7 — 9. *Prionitis obtusa* Sond.
7. In natürlicher Grösse.
8. Querschnitt durch den Hauptast,
9. Längsschnitt durch denselben, beide stark vergrössert.

Fig.10—12. *Caulerpa biscrrulata* Sond.
  10. Ein Exemplar in natürlicher Grösse.
  11. Ein Pflänzchen vergrössert.
  12. Ein Theil des Randes stärker vergrössert.

Taf. III.

Fig. 1 — 5. *Corallopsis Urvillei* J. Ag.
  1. Ein kleines Exemplar in natürlicher Grösse.
  2. Fruchttragender Ast.
  3. Längsschnitt durch den Hauptast stark vergrössert.
  4. Kapselfrucht vergrössert.
  5. Dieselbe senkrecht durchschnitten und stärker vergrössert.
Fig. 6—11. *Corallopsis Salicornia Grev. var. minor* Sond.
  6. In natürlicher Grösse.
  7. Querschnitt eines Hauptastes vergrössert.
  8. Längsschnitt stärker vergrössert.
  9. Fruchtast vergrössert.
  10. Schnitt durch Kapsel nebst Ast.
  11. Gemmidien mit ihren Fäden, stark vergrössert.

Taf. IV.

Fig. 1 — 6. *Gigartina Wchliae* Sond.
  1. In natürlieher Grösse.
  2. Querschnitt durch einen Fruchtast stark vergrössert.
  3. Längsschuitt durch einen Hauptast in gleicher Vergrösserung.
  4. Ast mit Kapselfrüchten.
  5. 6. Kapselfrüchte vergrössert.

Taf. V.

Fig. 1 — 6. *Chlorocladus australasicus* Sond.
  1. Einige Exemplare in natürlicher Grösse.
  2. Längsschnitt durch den oberen Theil vergrössert.
  3. Ein seiner Aestchen beraubter Theil, um die wirtelförmige Stellung der Aestchen zu zeigen, vergrössert.
  4. Vergrösserter Querschnitt durch den Algenkörper.
  5. Aestchen im fruchttragenden Zustande.
  6. Aestchen vom oberen Theil der Pflanze; die Endzellen der gegliederten Fäden sehr verlängert und fein.
Fig. 7. *Dasycladus claviformis* Ag. im fruchttragenden Zustande, vergrössert.
Fig. 8—13. *Neomeris dumetosa Lamourx.*
  8. Drei Pflänzchen in natürlicher Grösse.
  9. Obere Hälfte, theilweise vom Schleier bedeckt, vergrössert.
  10. Ein, seiner meisten Aeste beraubter Theil, um die Anheftung derselben zu zeigen.

11. Ein Aestchen im fruchttragenden Zustande, ebenfalls vergrössert.
12. Ein Aestchen, dessen Seitenzweige noch an der Zelle des Schleierchens sitzen.
13. Ein Stück des Schleierchens wie f. 12, stark vergrössert.

Taf. VI.

Fig. 1 — 4. *Anadyomene Mülleri* Sond.
   1. In natürlicher Grösse.
   2. Ein Theil derselben mit deutlicher Nervatur.
   3. Die anastomosirenden Adern eines oberen Stücks.
   4. Die Adern mit dem Zellgewebe stark vergrössert.
Fig. 5 — 9. *Chlorodesmis comosa Bail. et Harv.*
   5. In natürlicher Grösse.
   6. Ein Faden mit dem unteren Theil vergrössert.
   7. Der obere Theil eines Fadens.
   8. Ein Stück vom unteren Theil, wie f. 7, stark vergrössert.
   9. Fruchttragende Spitze eines Fadens.

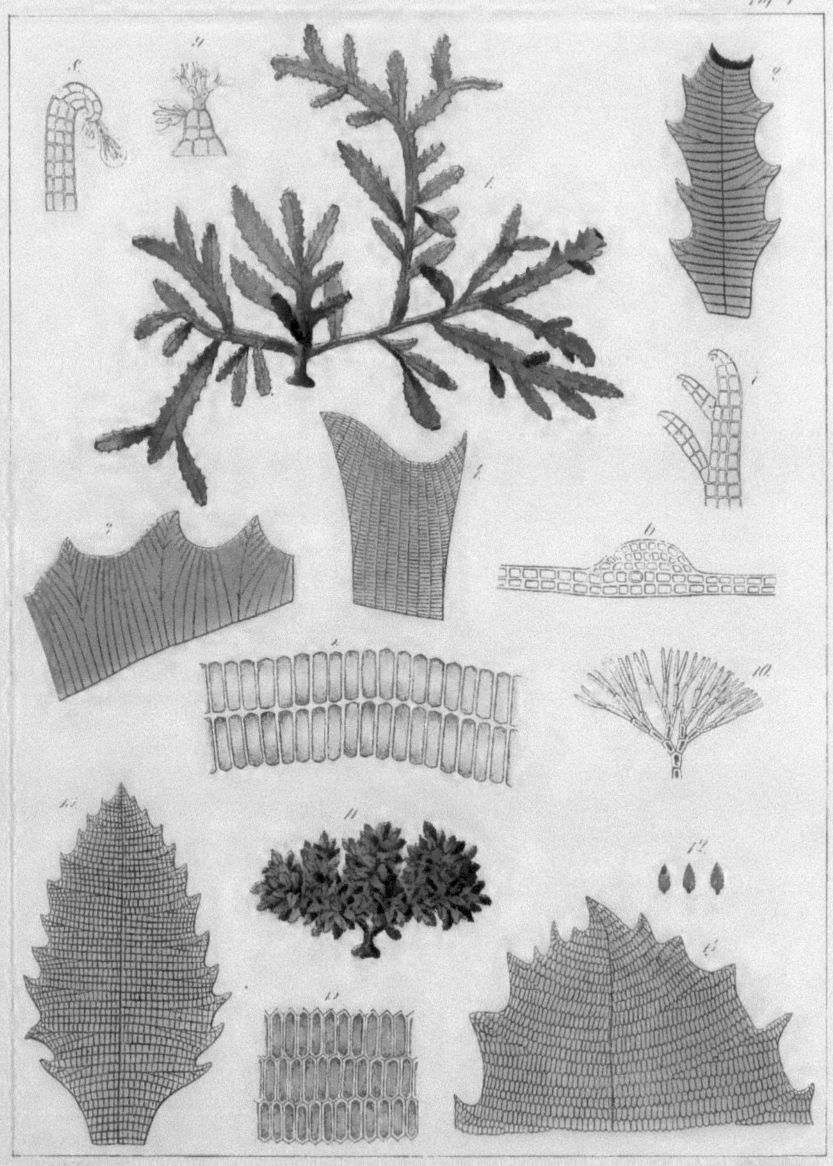

Fig 1-10 Vidalia Daemelii Sond.
Fig 11-15 Vidalia pumila Sond

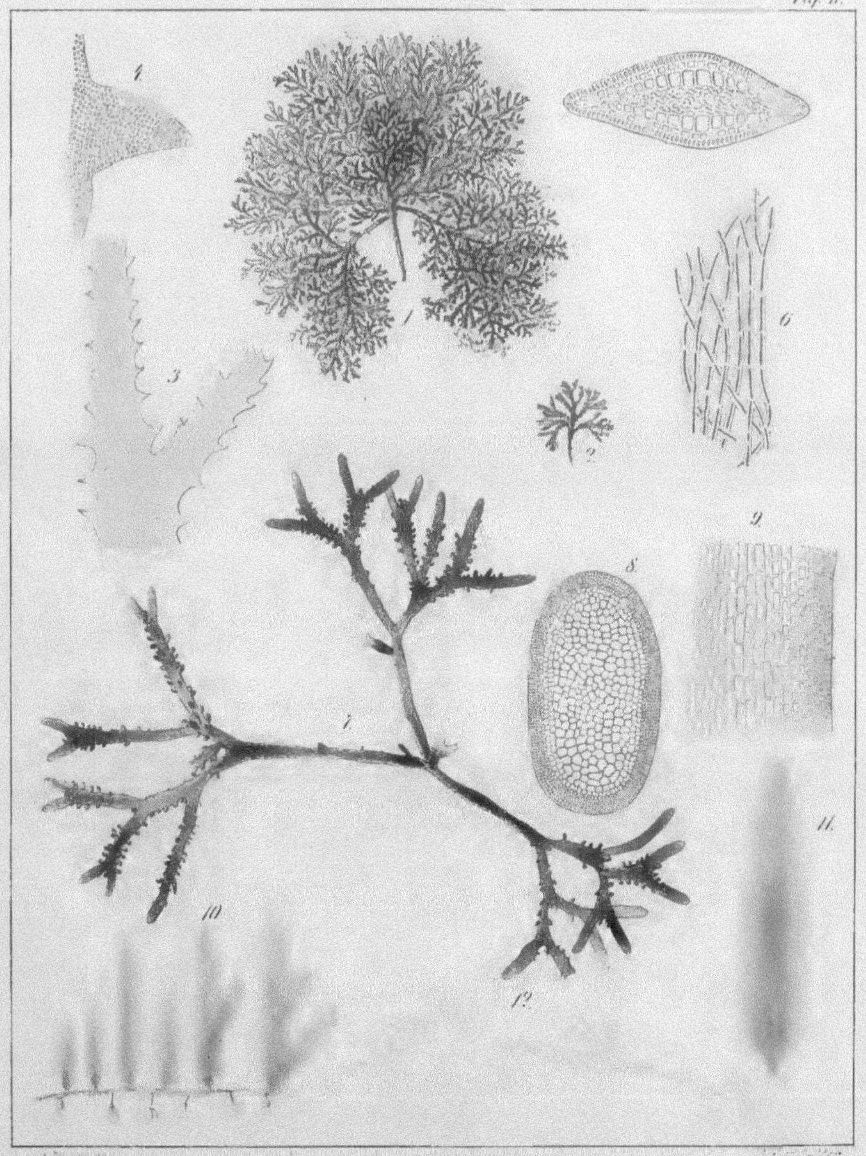

Fig. 1- 6. Thysanocladia densa Sond.
Fig. 7- 9. Prionitis obtusa Sond.
Fig. 10-12. Caulerpa biserrulata Sond.

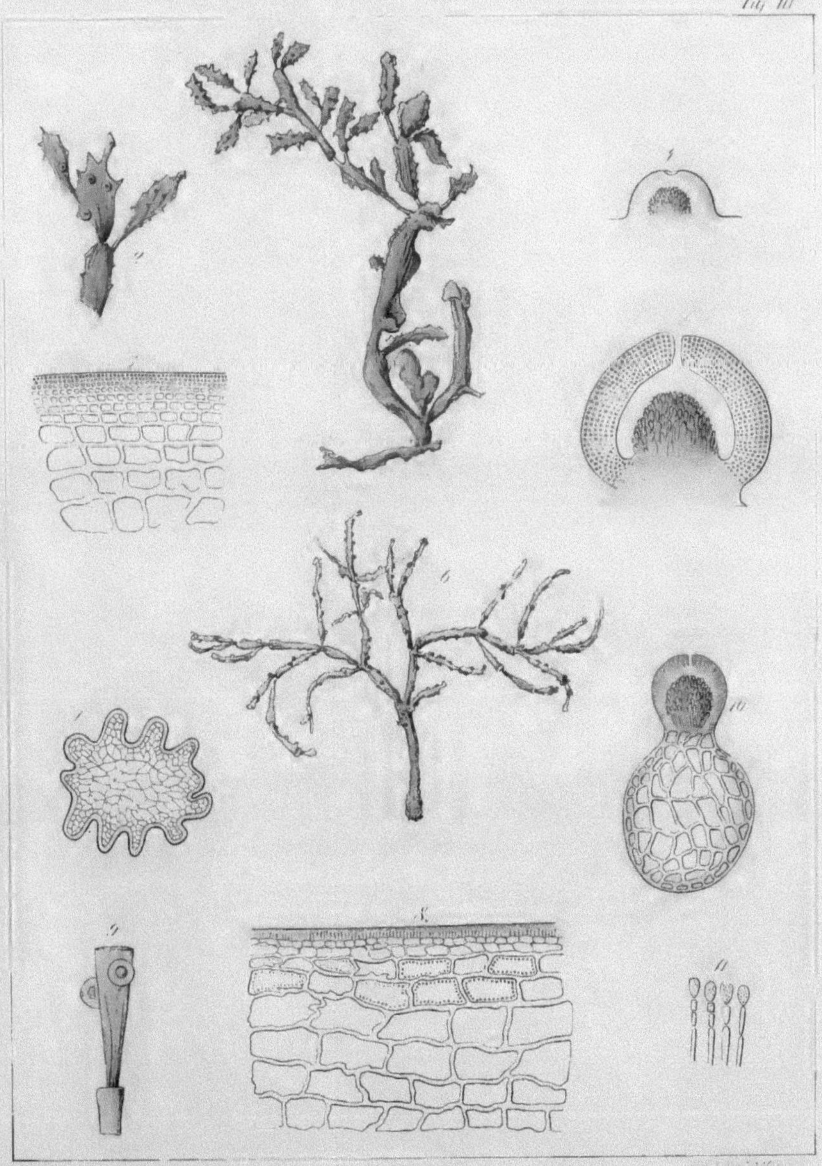

Fig. 1-5. Corallopsis Urvillei J. Ag.
Fig 6-11. Corallopsis Salicornia Gr. var. minor.

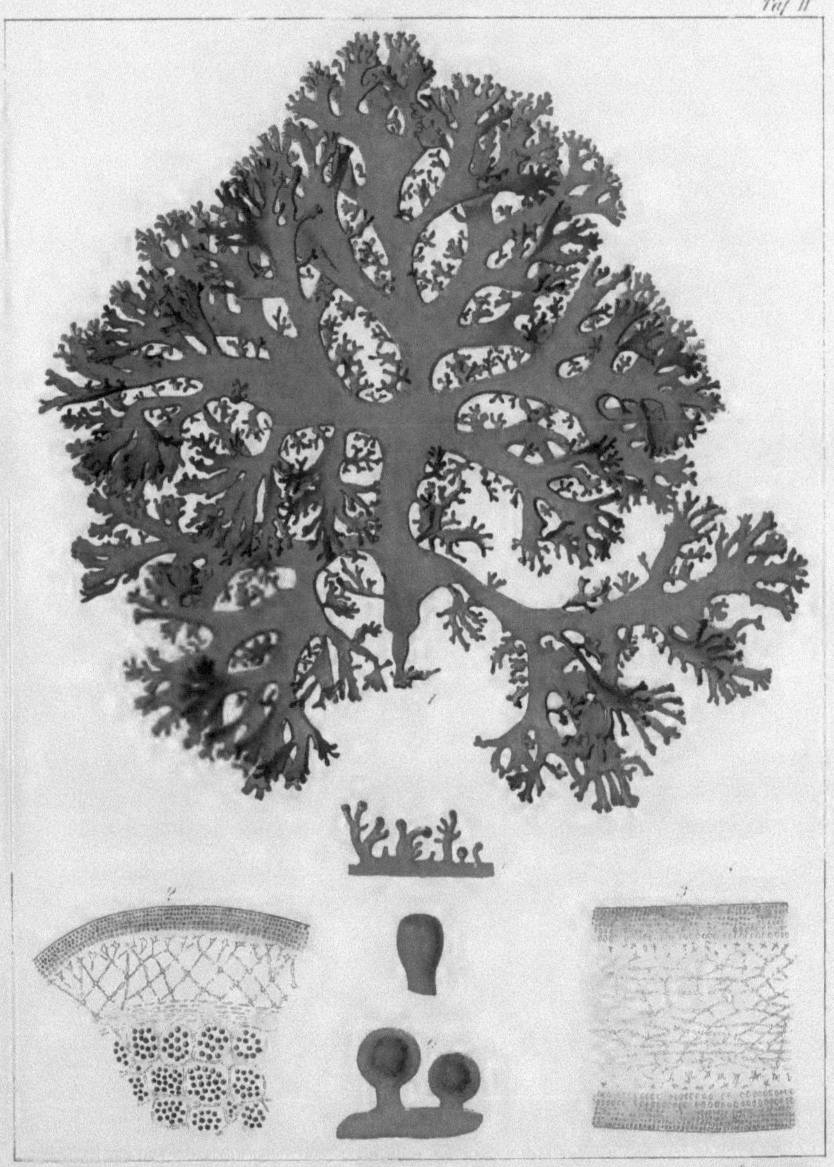

Gigartina Webbiae Sond.

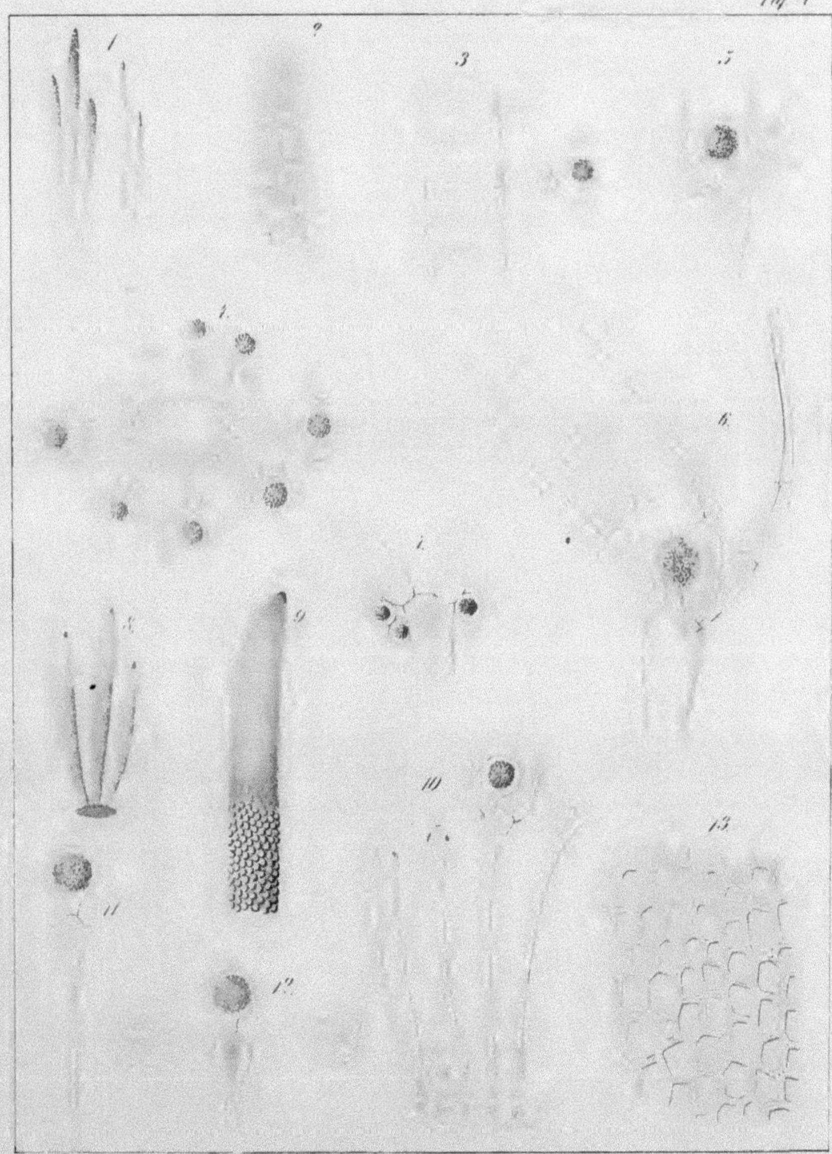

Fig 1 - 6   Chlorocladus australasicus Sond.
Fig 7   Dasycladus clavaeformis Ag.
Fig 8 - 13 * Neomeris dumetosa Lamourx

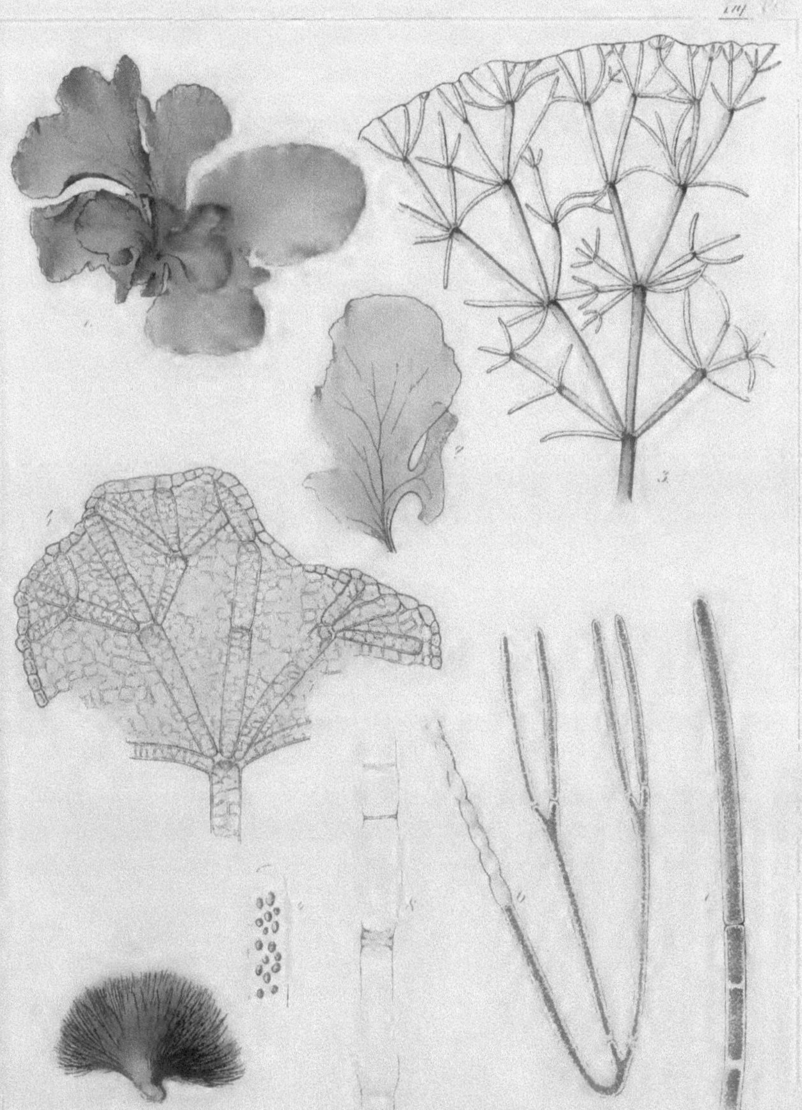